U0863219

善良的人，

总会放缓邪恶的脚步；

邪恶的人，

迈开大步超过他。

——汪浩洋

《新年F岛·漂流密室事件》介绍

数年前，放学后，家长疏于管教的几名熊孩子，制造了一桩“意外事件”，某男童被楼顶落下的砖头击中头部，身亡。虽然有目击证人，警方也介入调查，案件却因为包庇孩子的家长和谋求私利的老师作伪证，一直没有被侦破。

除夕，形单影只的寺庙敲钟人——牧慎，交纳一笔不菲的费用，报名参加沙滩公园举办的为期一周的“新年嘉年华”，与其他孤独的人们一起，以狂欢的方式辞旧迎新。

新年嘉年华的喧闹在午夜过后逐渐平静，嘉年华的举办地F岛露出端倪，巨大的拖船将它悄然拖至海上，成为漂浮的岛屿，连环杀戮就此开始！

初一，神探裕川介（首次出场，接下来的作品中会系列呈现的侦探）与女助手（《啊，从天而降的男神们！》中也有精彩表现）上岛，浓雾笼罩，直升机再也无法降落，F岛被人巧妙设置，快艇不能靠近，岛上的人不能离开，成为巨大的漂流密室。

浮岛上供人居住的彩色集装箱是小的密室，真凶以几乎不可能的方式，在杀人之后消失。

神秘岛主、嫌疑人、真凶与患有“神经性贪食症”的神探正面交锋，展开一系列精彩的猫鼠游戏。随着案情的抽丝剥茧，F岛和新年嘉年华的秘密，众人刻意隐藏的不为人知的过去，一一展现在世人面前。

然而，谋杀并没有结束，又有两位受害人在F岛被杀死，真凶的身份越发扑朔迷离。

一次次出人意料的剧情反转，如同飞驰的过山车，脑洞直逼《看不见的客人》和《调音师》——杀人动机、密室杀人手法、凶器和不在场证明，凶手的身份，人物之间的关联，让真实和谎言，紧张和压抑，杀戮和救赎一起，绝望地漂浮在无边无际的海面。

在F岛即将沉没的紧要关头，神探制止了最后的罪恶……

海上的朝阳再次染红F岛，真凶伏法，黑暗终于被驱散。

只是带着感慨的人们脚踩陆地，不知是否会扪心自问：孩子的教育，难道仅与自己的小家有关联吗？

熊孩子的一生，从父母选择放纵、包庇的那刻起，就被烙上最残酷的诅咒！而这个诅咒，如影随形，并将让他们付出最惨重的代价，以一场悲剧落幕……

受过良好教育的人，即便遭受巨大的伤害，依然有底线，知敬畏；错过最佳教育时机的孩子，即便人生道路宽敞，坐拥一切，还是有可能坠入歪门邪道。

欢乐的新年F岛，原本是受害孩子的一个善良愿望，却在冥冥之中，为他讨回应有的“公道”。

目录

CONTENTS

故事前话

一阵阵孩童的嬉闹声，把住宅社区白纸般的安宁，先撕成条状，再扯得粉碎。

几只宠物犬趴在自家阳台上大声呼应，终于惊醒傍晚仍在公寓里昏睡的文小姐。

还好，没有吵醒小床上的婴儿。

刚出生两周的“小肉团”，可爱似天使，“可恶”赛魔鬼，让新妈妈疲惫不已。

文小姐朝左边翻身下床，脚尖还没钻进拖鞋，却牵动了生产时侧切的伤口——倒吸着冷气，喉咙不敢出声，这份难言的酸楚啊！

正是初夏，南风撩拨着纱帘，卧室里是热烘烘的婴儿奶香和体香。透过蜻蜓翅膀般通透的针织物，橙色的夕阳光晕里，对面大厦清晰可见。

窗边小茶几上，一株粉红的绣球花斜插在淡紫色的玻璃水瓶里，摇摇欲坠。

顾不上疼，文小姐赶忙光脚来到窗边，用带金色丝线穗子的挂钩把纱帘固定。正欲转身，笑声和叫声又钻进公寓——原来刚才吵醒自己的孩子们，就在大厦的楼顶。

闭着嘴打个哈欠，新妈妈揉着乳腺，饶有兴趣地看过去。

粗粗数来，三个小娃儿，男孩，都穿着校服，就是旁边小学的样式。也不知道正在玩什么，聒噪得像水塘里的蛤蟆。

一个脱掉上衣，露出黄色的小背心。另一个脱掉裤子，里面是蓝色的小短裤。细条条的肩膀，肉感十足的小屁股，像两只皮猴儿。第三个娃儿站在旁边，正拿着某样物件在嘴里啃着。

文小姐用手指梳拢乱蓬蓬的头发，宠溺地瞅着他们——

虽然当上妈妈没多久，但眼里瞧见孩子时的心情却大不同。以前看到娃子们闹腾就心烦，恨不得在熊孩子的背后踹一脚。现在甭管遇见谁家的宝宝，眼角眉梢都是“老母亲”般的慈爱。

“猴子嘛，就喜欢爬高！”

新妈妈正胡乱联想，果然，那两个脱掉衣服的孩子拉扯着，转眼就爬到十几层公寓楼顶的水塔上。

这水塔起码有三四米高，一条简易的铁梯给工人维修用，两个孩子就是从这里爬上去的。如果失足从上面掉下来，特别是掉进水里，那可不得了！

文小姐的心顿时悬了起来，拨开窗帘，把头探出飘窗，紧盯对面楼顶，随时准备大喊一声！

好在水塔离楼顶边缘还有一段距离，“黄背心”和“蓝短裤”在水池沿儿上打转转，捡起几块砖头，丢给下面的“吃货娃”。只听“扑通”“扑通”两声，他们依次跳下水塔。

“这，有什么好玩？”

文小姐哭笑不得，回头瞧瞧小床上的儿子，真不知道这位祖宗，将来能捣鼓出什么五颜六色的“幺蛾子”。

简单洗漱完毕，把自己丢进沙发，文小姐喝着月嫂熬成奶白色的鱼汤时，救护车的尖叫声终于把“爱哭郎”吵醒。

今天的好运气彻底用完，“小魔怪”已经醒来！

新妈妈无可奈何，只能抱起儿子，好言好语地在怀里哄着，再也顾不上外面一阵高过一阵的喧哗。眼睛不经意间瞥到对面楼顶，已经空无一人。

不知怎么，文小姐忽然胸闷气短，心房乱颤，侧切伤口揪着大腿根的神经，连脚指甲都跟着疼！

一种强烈的、不祥的预感，涌上心头，充满房间。

果不其然，当天晚上，本地新闻就在社交软件上刷屏——文小姐家对面的大厦，出事啦！

一位放学回家的小男孩儿，背着大书包，倒在血泊中……

孩子只差几步就走进大厅，从天而降的砖头却正中头顶。据说他的死状极其悲惨，砖头像敲核桃一样击碎颅骨，脑浆和血喷得到处都是，救护车没到，人已经咽气！

更可怕的是受害者母亲的哭声。当时在现场的人都吓得不敢靠近她，大家小声议论，这世上恐怕还没有人听过这样的声音：

这女人开始发出的是属于人类正常的哀号，接着是长跑和游泳时上气不接下气的喘息，最后，竟然变成一种难以描述的低沉呜咽。

恐怖的，就是这呜咽！

有人说很像难产将死的女人喉咙里的咕噜声，也有人说像屠宰场宰杀牛羊时，动物最后的哀求。这声音很轻，却极致悲恸，隐约中还有旋律。

孩子死在妈妈的怀里，年轻的女人眼见着他不再抽搐，停止呼吸，血几乎流光……

这段视频被好事者上传网络，最终被某生物学家确认：这呜咽其实类似鲸鱼，是海洋生物在黑暗的深海旋转、漂浮时的鸣叫，包含了哺乳动物丰富复杂的情感。

而这女人，就像一条搁浅在陆地上的蓝鲸……

文小姐的先生送两位警察离开，他们是来录证词的。

作为目前唯一的目击者，文小姐提供的线索，对警方意义重大！这还多亏了媒体的传播力——

看到新闻后，文小姐在“妈妈群”里感慨，无法想象被砸死的孩子的父母，如何度过今晚这个不眠之夜。更不知道这三个扔砖头的调皮蛋，未来命运会如何？

言辞中流露出深深自责，当时真应该大声呵斥几声，让熊孩子们早点回家。

一块砖头啊，就这样轻松毁掉几个家庭，把原本彩色的世界，变成无穷无尽的黑白……

更可怕的是，一场极其惨烈的杀戮，也许已经因此酝酿并展开！

文小姐黯然神伤，群中一位妈妈恰好是记者，赶紧独家爆料，警察立即登门。新妈妈竭尽所能，把傍晚的见闻原原本本讲出来，唯一遗憾的是，她没拍照。

更没有亲眼目睹，究竟是哪个孩子，扔下致命的，那块砖头……

第一章　密室杀人·除夕

1

“慎先生?!”

滑腻腻的音符、懒洋洋的节奏中，穿红色紧身制服上衣，黑色包臀短裙的女接待，摇晃着戴着一枚碎钻戒指的食指，打断正在神游的牧慎。

牧慎的目光从远方定格眼前，是一张表格。

胸口用金色丝线缝着名字的“薇”小姐，保持着迎接客人进门时的笑容。雪嫩的手指肚贴着表格里某一行空白，摩擦一下，又摩擦一下，和牧慎再次确认：

“所以，您选择‘慎’字，对吗?那么在嘉年华，我们都会称呼您慎先生哦——”

妙龄少女的这声“哦”，用来搔痒恰到好处，隔壁桌的中年男客人忍不住朝薇小姐看来。两人对视时的表情，牧慎这个角度恰好看不清。

眼前是薇小姐玫红色的指甲油，牧慎略微斟酌，叫“牧先生”还是“慎先生”，确实不重要。

女接待利落地扯下马克笔的笔帽，胸口挤在桌沿上，在一块红色亚克力圆牌上，自以为端正地写下一个“慎”字。

“从现在起，请您尽量戴着胸牌哦——当然，我们的工作人员都认识您，主要是方便其他客人哦。”

连续又带着娇嗲的“哦”声中，牧慎接过牌子，顺从地别在外套的口袋上。

在薇小姐的眼里，这件外套款式老旧，厚重的牛仔布料吸饱故事，时间已经凝固进纹理，由深蓝色蜕变成天蓝色。但这些与自己毫无关系，她的注意力只在客人的付款方式上。

牧慎也不是白内障患者，女接待的丰腴已经接近挤破紧身衣的临界点，随时可能“嘭”的一声炸开，不得不叫人担心。然而，与对方一样，他的关注点也不在眼前。

从进门时起，邻桌就有一个眼神，更让人放心不下。

“我们，最后确认一遍信息吧！”

薇小姐和客人贴坐在并不宽敞的接待室，那丝有意无意的亲昵，搞不清是天性热情，还是职业性讨好。

几张简洁的白色小桌摆放着水培豆瓣绿，肉乎乎的叶片，每片都油亮可人。洗干净的桃子整齐地码放在托盘上，阳光下看得见绒毛。围拢小桌的椅子，椅腿是白色钢管，椅背由红色塑料细绳一圈圈缠绕。

护理专业学生，准护士，薇，趁着寒假兼职；简单培训后，把平时爱吃爱喝的身子骨，硬生生挤进这身如同刑具的制服里——

纯正的红色是最受欢迎的“新年色”，金色丝线绣出名字，都是一个单字代替。制服背后则绣着“新年嘉年华”字样和由几个小人儿组成的标志。

两天前，薇和其他几位女孩儿来到这个用集装箱改造而成的接待室，客人陆续抵达。

今天是除夕，中午 12 点接待室就会关闭。这也意味着，嘉年华不再接收新的客人。

这是份条件优渥的兼职，仅仅利用一个跨越新年的寒假，就能解决一年的全部学杂费，让人难以相信它的真实性！不过，如果晓得嘉年华向每位客人收取的令人咋舌的高昂费用，给工作人员这个标准的薪水，好像也没什么不可思议。

但是，我们的薇小姐可不打算把这笔钱用在学业上，更不可能补贴家用。这个年纪的城市女孩儿，想抵制来自电子产品、小玩意儿、衣服、化妆品和奢侈品的诱惑，简直是痴人说梦，更何况还有数不清的美食和遍及全球的旅行计划。

在花钱这件事儿上，薇小姐自认为还算好的，室友花起钱来才是真正的穷凶极恶！

她好像不能和金钱共存于同一个时空，用近乎自虐的方式买买买！而在郊区小工厂给人家帮工的父母，用圣徒般的慷慨，供养女儿所需的一切。

这是外人眼中畸形的亲子关系，又是这个时代最稀松平常的关系。

室友不顾薇小姐的身高和体型，一直怂恿她报考空姐，把这当成嫁入豪门的一条捷径。

薇小姐在这个问题上倒很有自己的想法，其实护士也不错，只要脸蛋儿美化得当，声音甜腻可人，性格活泼大方，最重要的是善用自己身体上的“特长”和年轻的资本，多留点心眼儿，很快也能在患者中寻摸到年轻的富二代或者离异、丧偶的富一代。

只不过，在与室友无形的攀比下，薇小姐每月的信用卡账单都达到极值，拆东墙补西墙才能还上最低额度，甚至不得不裸贷——没有亲身经历过的人，实在无法想象她因此受过多少煎熬。

其实，薇小姐的家境还算殷实，否则也不会替她还上利滚利的消费贷款。

即便如此，女孩儿依然决定撒谎，说假期要异地实习，这笔钱就扎扎实实存进自己的腰包。毕竟，上个月的信用卡账单又要飞进邮箱，新买的这枚碎钻戒指和限量款名牌包包预示着新的轮回，即将再次开始……

想到这些，女接待打起十二万分的精神，粉嫩的脸颊被红色制服映衬得就像托盘里的桃子，带着稚嫩又性感的绒毛，等待着被形形色色的手拾起，啃咬。

嘉年华的场地也不难找，从地铁橘洲站 B 出口到达地面，巨大的广告喷绘就在眼前，红色的箭头鲜明地指着方向。

鼻子里满是新鲜喷绘散发的刺激性酸味，随箭头走十步，树丛中出现一条木栈道。脚踩嘎吱作响的木板，再走几十米，就是接待室。

牧慎还没打开导航，人已经来到门口。

薇小姐的手指又回到表格的第一行：姓名牧慎，男，国籍、出生年月、身份信息、联系方式都已经填妥。

入住时间为除夕上午 11：30，退房时间为正月初七中午 12 点，身体健康，无宗教信仰，无饮食忌讳，付现，可称“慎先生”……

牧慎逐一确认，在最后一行签名。

从帆布牛仔包里掏出几大叠现金交给薇小姐，一位干枯无肉的女接待用验钞机“唰唰”两遍，另一位眼角下垂的男接待给牧慎做安保检查。一切妥当，终于允许客人离开这间略显局促的集装箱。

“慎先生，您兴奋吗，期待吗？！”

薇小姐熟络地靠在牧慎身上，嗓门升高，显得比客人还要激动：“接下来的一周，您将享受到这世上最独一无二的体验！这可是任何书上、电影里都没有描写过的景象，您一定会终生难忘！而且，还有一个巨大的惊喜正等着您哦！”

“什么惊喜？”

面对客人的反问，经过训练的女接待故意卖关子，胸口蹭着对方手臂，一副暗示他“现在别问，说出来就没趣味，到时候就知道”的样子。

“也是。”牧慎享受着牛仔外套传来的酥麻感觉，“既然是惊喜，那就让我们拭目以待吧！”

“放心，绝对不会让您失望的！”薇小姐挤挤眼睛，站在红毯的一头朝牧慎挥手，“欢迎来到新年嘉年华！欢迎您开启一场梦幻旅程！”

一身红衣的她和整个刷成红色的集装箱、红地毯融合在一起，乌亮的黑发和裹臀的黑裙尤为醒目。上衣的纽扣终于随手臂大幅度的摇晃，崩开了。

“哎呀！”

姑娘害羞地捂住胸口，咬着粉色的舌尖，眼睛笑得月牙弯弯。这可爱的小模样呦，任谁都会喜欢！

男客人被感染，也挥挥手中的《服务手册》和房间钥匙，紧绷的脸颊露出算得上好看的笑容。

右脚刚刚离开红毯，牧慎马上感觉到，土地很柔软，像女人刚生完孩子的肚皮。

的确，这不会是一趟普通的旅程！

2

正午，还有 12 小时就要敲钟，牧慎今年不是敲钟人——

从现在开始到正月初七正午，整整一周，他是“新年嘉年华”的贵宾，将在沙滩公园举办的盛大活动现场，“开启一场梦幻旅程”。

梦幻，加旅程，至少《服务手册》和薇小姐，都是这么说的。

而且，还有“巨大的惊喜”在前方等待！但是什么，现在还不知道。

沙滩公园是这座城市的地标，处在这个国家最著名河流的入海口。公园大部分区域都不收门票，只有某些特定的节日或活动，角落会被围挡起来，凭票才能进入，享受特殊的服务或观看表演，比如游艇体验或太阳马戏。

牧慎走进的就是“特殊区域”，《服务手册》上写得清楚，这里叫F岛——专为新年嘉年华举办而修整、装饰的一块沙滩。

不得不说，这地方不错！

牧慎放眼前方，一条略显狭长的木栈道也铺着红毯，指向远处一块长方形陆地。这陆地竟然三面都延展入海，只有通道这一侧与沙滩公园相连。从这个角度看，形状还真像字母“F”。

看来，这就是所谓的F岛。

接待室的左右两侧是高出头顶的围栏，围栏由一排灌木荆棘形成，看似是为了起到美观作用，不过智商超过平均线的人都知道，那是防止有人逃票进入而设置的“机关”——当然，外面的人进不来，里面的人恐怕也出不去。

接待室，成为F岛的唯一出入口。

一条红毯，给客人和游人打上标签。

牧慎满意这样的设计。一边上岛，一边继续寻找“惊喜”的蛛丝马迹。

男客人知道刚才脚踩到的松软是草坪，来自沙培矮生百慕大草，整个小岛的确很像林克斯球场。牧慎感叹这样的地方不打高尔夫实在浪费，果然，一丛一丛矮胖的变色木之间，果岭清晰可见。

沿木栈道往前走，视野更加开阔，如同深入桃花源腹地。

字母“F”的头部，就是那块方形陆地，是岛的中心地带。陆地上错落有致地摆放着集装箱，这些集装箱只有三种颜色，大红色、亮黄色和宝蓝色，就像乐高玩具一样，整齐地堆积、叠加。

在这个没有冬天的海滨城市，即便除夕也是夏日光景。

正午烈日刺眼，三种高饱和度的大面积色块，在蓝色的海天背景下，被绿色植物和各色花朵点缀，单纯得就像儿童乐园。这种色彩韵律，就算不是强迫症患者看来，也表示极度舒适。

木栈道和小岛上，不时能看到人影儿。

坐在草坪上的年轻女士，穿灰色带波点连衣裙，正专心地翻看一本书，全然不知道白色内裤早被路人一览无余。不远的树下，中年男士举着手机正在认真拍花，牧慎见这情景莫名感动，经过他身边，却见镜头正对着一张有点坑洼的脸，原来在自拍。

牧慎正好奇此人是否使用美颜滤镜，目光又被一个男人怪异的步态吸引，原来是他走路时左边肩膀太过用力。另一位穿黄色马甲的老年男士，一边豪迈地踱着步子，一边手摸隆起的硕大肚皮，仅有的两颗门牙，半覆盖着下嘴唇。

也有人从正面经过，这位衣着讲究的初老妇女，把木栈道当成T台，脚踩着红毯走着极其刻意的猫步。牧慎见她眼神里的傲娇，料想就是个婆媳不和的主儿……

这些人，难道也是“惊喜”的一部分吗？牧慎暗自笑笑。

“乐高小镇”的中央是一方小广场，牧慎横穿沙地和草坪交错的地面，躲开这些先入住的客人，来到红色集装箱区域，醒目的白色数字帮他轻松找到自己的房间。

很方便，用薇小姐给的一张燕鱼形状的蓝色小卡片，往银色的门锁上一贴，“咔嗒”一声，门就被打开了。

话说这可是牧慎先生第一次住集装箱房间，感觉十分新奇有趣！

原来，集装箱除了运货，住人好像更合适，特别是在温暖的地区。既能给建筑工地提供经济实用的廉价住房，也能精心布置成森林、湖边浪漫有型的度假小屋。

仔细看眼前这些集装箱房间，构造和排布甚是巧妙——

两个标准 40 尺柜，并排组成一间客房，卧室、洗手间和客厅一应俱全。还有一个额外伸展出来的大露台，面积起码有 20 平方米。观景、喝茶或打个盹儿，都极舒服！

三层客房成 60° 交叠，每层都有专属楼梯通往地面。第一层略微架空，地板是全透明的玻璃，下面种满灌木，人就像踩在叶子上。第三层的屋顶也是玻璃的，白天可以看海鸟，晚上可以赏星星，真是浪漫至极！

露台分别朝三个方向，栏杆上爬满的绿植都可以充分享受阳光。玫红色的三角梅，枝枝蔓蔓一直垂到地面。

牧慎住的这种红色集装箱沿海岸线成圆弧形排开，共 15 栋，也就是 45 个房间。内圈还有黄色集装箱，也是类似的三层构造，只是每栋立于红色集装箱的中间位置，露台特意偏转 45° ，共 12 栋，36 个房间。

集装箱外观颜色扎眼，内部却素淡，明显的北欧加地中海，再混搭极简冷淡风。窗帘、床品和其他用品只有蓝白两色，材质基本都是棉麻。室内左右相对，各有一扇巨大的落地窗，看景采光十分得宜，应该是年轻人的最爱！

其中特别之处在于，家具全是矮凳和架子，都没有柜门，更没有大的穿衣柜，衣服都挂在敞开的衣架上——但这都不是事儿，设计师说了算。

牧慎的房间在最高层，太阳正热情地直射，玻璃屋顶的竹帘子暂时遮盖起来，旁边有个手摇绞盘。

把双手搭在露台的栏杆上远眺，海天触手可及，整个小岛尽收眼底，越看越像 F 形的叉子。

男客人告诉自己，慢慢来，还有大把时间，感受这里的一切……

随身带的帆布包稳妥地放在行李架上，牧慎反复确认不会掉下来，最后还是不放心，又放在床下靠近枕头的位置，夜里伸手就能摸得到，这才稍微放松。

把落地窗的窗帘全拉上，只留一条小缝儿，男客人警觉地缩在后面观察，直到确认没人朝他所在的方向窥视，方才直起腰来。

在“惊喜”到来之前，牧慎提醒自己，一切务必稳妥为妙！

午餐已经摆在房间的小桌子上，以水果、沙拉和面包为主，虽然都是冷的，但味道不错。牧慎把小桌子搬到露台，边晒太阳边看景，不知不觉间享用完毕。

从头到脚用热水冲洗一番，热腾腾的男人在腰间贴上膏药，仰面躺在床上小憩片刻，爬起来，又穿上牛仔外套。看手机，下午两点整，便来到蓝色集装箱改造而成的小酒吧。

对啦，手册写得明白，蓝色，是餐饮娱乐区和工作人员的住处。

小酒吧也是明显的地中海风，门廊上的三角梅开得喧闹，天花板缀满滑翔机模型，致敬土耳其 D400 公路上的费特希耶。牧慎却忽然想念爱琴海旁的切什梅小镇，站在门口走神半晌，这才抬脚进门。

这个点儿，客人稀稀拉拉，也许都在午睡。

牧慎用眼角扫视每个人，确认没有异常，这才放松紧张的睫状肌。

客人不多，可不代表东西就少——

我的乖乖，眼前的吃食就快抵得上一家中型食品超市，来自世界各地的酒水、饮料、点心、水果和下酒菜挤满餐台，吹风机造成的空气对流赶走苍蝇，把牧慎手臂上的寒毛也吹得直立起来。

嘉年华里不再有自费项目，与那笔高昂的入场费相比，眼前的餐食标准，证明老板还有点良知。

拾起一瓶常喝的啤酒，从白色的餐巾上拎起一只倒扣的“大力神”啤酒杯，牧慎径直闪进小酒吧的最角落处，边啜饮边瞧着果岭上正在练习的小人点儿。

海风，从敞开的门口一路吹进来，毛孔顿时舒张，牧慎打了个很绅士的酒嗝。

接待处邻桌的眼神，再次递给牧慎，但他还是没接下来。

“嗨！我知道这样冒昧，却忍不住……”

人影儿随声音逆光而至，牧慎见一位“海带腰”的苗条女子，走向自己。

“我得请教……”女子径直坐下，手握和她一样细骨伶仃的高脚杯，不知什么液体在微微冒泡，“您的外套。”

“我的外套？”牧慎低头瞧这件磨损严重的牛仔服，不知所谓。

“在哪儿买的？”

牧慎耸肩，这个问题很难回答，他也不知道。

女子意识到该直奔主题，便放下酒杯，用手撩撩刘海儿，盯着牧慎的胸牌，侃侃而谈：

“慎先生，我喜欢您的外套，这虽然看起来很像女生搭讪异性的套路，我也承认您很帅，但吸引我的，还是外套——因为我是位网红。”

说罢女子用手扶住脸颊，摆出一个明显受过训练的假笑，给眼前的男人一个佐证。

“网红？”牧慎并不是假装，“是什么？”

女子露出好似偶遇外星人的夸张表情，明显惊讶于牧慎的孤陋寡闻，也有一丝被触犯的恼怒，但还是表现出娴熟的情商：“是一种职业，‘网络红人’的简称，和电影明星、歌星也差不多，甚至在互联网，我们比他们更红。”

牧慎懂了，眼前是一位明星。

“我的主要工作就是在互联网里向粉丝们推荐好产品，当然会从中获利，而且收入丰厚，因为我选择产品的眼光独到，粉丝数量庞大。”

牧慎又懂了，原来是售货员。

女子仿佛会读心，看穿牧慎心思之后有些无奈，但还是耐着性子：“您的这款外套，是今年最流行的朋克复古款，放在我的粉丝群里销售，应该会大火！”

是吗？牧慎又低头审视外套，根本找不到“着火点”所在。

女子还有一丝耐心，便给牧慎讲起“做旧”“油腻”，甚至“从来不洗”对一件牛仔服的重要意义。

牧慎并不是真傻，他一听就懂，原来牛仔服已经进化出这么多玩法。

说话间，另一女子走来，不声不响地丢下一盘点心在这位女子面前。扯一把椅子，在不远处的桌旁坐下，侧身面对牧慎。

牧慎一目了然，这两人是复制粘贴，从身高长相到穿着，甚至头发都染成相同的暗紫色。

“我们是双生女。”对面的女士喝一口杯中的液体，牧慎闻出来，是酒，“我们俩，几乎不出现在同一个聊天场景中。”

“为什么？”

“怕别人问的傻问题，从小到大，我们被问过太多次。”

“谁是姐姐，谁是妹妹？还有你们怎么分出彼此？”

女子显然被牧慎的“直男癌”聊天法逗乐：“你说的没错，就是这两个问题！”

“那你们谁是姐姐？怎么分别彼此呢？”

牧慎不假思索，脱口而出。女子大笑起来，她的笑声夸张，直到发现小酒吧里的所有人都朝这边看，才收声。但丝毫没有当众失态后的尴尬，反倒很享受被关注的快感。

“我也不知道谁是姐姐。出生时我们间隔三分钟，但洗澡时爸爸弄混了，我们实在太像，没办法再分出来。”

“分不出的后果是什么？”

“也没什么后果，只是我们一辈子再也不知道谁大谁小。”

“你们的名字也相同吗？”牧慎的问题很可爱。

“当然不同！”

女子指指自己的胸牌，牧慎这才把眼光瞟过去，胸可是女士的禁地，盯着看也许会挨打。但胸牌又挂在那儿，不看不行，原来她叫“糖”。嘉年华的胸牌就是方便大家彼此认识，看来她希望被称呼为“糖小姐”。

挺好的名字，而且胸口的“攻击性”不强，肩背也薄薄的，看着挺家常的，不像薇小姐太过凶猛，粗看确实忍不住咽唾液，但看久了也有点反胃。

双胞胎的另一位喝完一杯红酒略显无聊，用指甲弹弹杯壁，牧慎面前的糖小姐收到信号，起身道别。

“说实话，我真不是来搭讪的。”糖小姐又瞥了古董牛仔服一眼，“您应该看得出，搭讪不是我的特长，我都是被搭讪的。”

胸牌上写着“蜜”字的小姐，身子已经转向小酒吧门口，满脸不耐烦。门口有人影儿晃动，不停招手，是个男的，胖乎乎的像只招财猫。

“那是肯定的。”

牧慎的目光随两条婀娜的身姿游移，直到她们与门口的影子交叠在一起。

此刻他深知，对方确实没有撒谎！

3

窗外的焰火，发出门缝被挤似的“叽叽”声。

闹钟陡然响起，就像有人拿锤子猛敲心脏，牧慎警觉地从床上弹起，看手机，傍晚6点整。

不知不觉竟然睡着啦，这段日子确实太疲惫，好在留个心眼提前定上了闹铃。牧慎又趴在落地窗旁，左右仔细观察一番，这才直起酸疼的腰板。

“除夕的傍晚”，牧慎咀嚼着这个时间，寻常人家正在吃年夜饭吧！那些团圆的画面，随便都能脑补出来。

想这些，并不能带来任何益处，男人叮嘱自己。现在置身F岛，薇小姐并没有夸张，一场“独一无二的体验”已经拉开序幕，身体和精神都要严阵以待才行！

牧慎盯着床底下的帆布包，弯腰扯出来打开拉链，仔细确认包里的物品之后，重新放在行李架上。又走神片刻，这才穿上另一件外套，把阳台和房门都锁住，离开房间，鼻腔里顿时充满烤肉的焦香。

这厨师手艺肯定不赖，香叶、辣椒和孜然混合磨碎的秘制香料，往肥瘦相间滴着油汁儿的肉上那么一洒，光闻味道就能喝下一瓶啤酒，方圆两公里的“吃货”妥定被征服。

牧慎挪移着双脚，此时空气中分不出是暮霭，还是烧烤的烟气，薄薄一层笼天盖地，在海滩的落日余晖里，带着不太真实的光圈。有人误以为自己的眼睛出了毛病，用弓起来的食指揉啊揉。

香味和音乐都来自一个方向——F岛正中央的蓝色集装箱区域，蓝色集装箱与黄色集装箱被小广场隔开。薇小姐远远就朝牧慎挥手，一路小跑迎上来，还是那身绷得紧紧的制服，胸口的纽扣已经缝好。

“我正想去喊您哦，今晚是新年嘉年华，一直持续到午夜。手册上有，可能我忘记提醒您了，大家都已到齐，只差您一位哦！”

牧慎示意不怪对方，女接待迈着轻快的小碎步，指引客人绕过黄色集装箱，来到嘉年华现场。

小广场，是整个 F 岛的心脏地带。

LED 屏早就搭起来，“新年嘉年华”几个字变着花样闪着光，生怕人们把眼睛移向别处。屏下就是舞台，虽然称不上巨大，但与岛的面积相比，已经相当气派。

舞美光影绚烂，几位和薇小姐年龄相仿的男女舞者，卖力地摆臀、送胯，左右甩手臂。

客人模样的各色人等聚满舞台前方，围拢着圆形小餐桌，加上穿梭其中的工作人员，粗略数来有上百人。餐桌铺着火红的桌布，映衬着骨瓷餐盘，筷子、刀叉熠熠发光。

此刻，在欢快的音乐衬托下，没有谁摆出苦瓜脸，连中午在木栈道上遇见的傲慢女士，脸上也是愉悦的表情。她正和那位“自拍男”有说有笑，见到牧慎经过，主动点点头，和之前判若两人——

对呀，今天是除夕。

是除夕啊！

牧慎又拿起啤酒，在舞台的最远处找个空位子坐下，薇小姐和其他工作人员忙活着。很快，一道道精美的菜品便摆在牧慎眼前。

不需要与他人寒暄，中年男人夹起一小块铁板牛肉粒丢入口中，热乎乎，香辣不柴，内里也有汁水，很合胃口。接下来便是烤好的各种海鲜和肉串，生蚝加点蒜泥儿，海虾的壳儿微焦，龙虾肉质甜嫩。烤蔬菜和水果也好吃，就连烤面包片都是美味。

嘴里忙着吃食，牧慎撒开目光，瞧见糖、蜜两位小姐正站在不远处，背对着舞台，举着自拍杆直播——

果然，这就是网红该干的事儿。

主菜吃完第一轮，一身红色西服，肩膀上杵着一只白色假鹦鹉的主持人在追光中成为焦点。他跳上舞台，斜捏着话筒，扯开嗓子，宣布“新年嘉年华”正式开始！

工作人员应声而动，把全部客人请到舞台右侧，这里白色落地长桌布整齐地铺在十几米长的桌子上，鲜花和烛台点缀其间，各色水果、点心和上百种酒水供大家自由取用。

众人快步上前，没有人客气。

与此同时，舞台正前方的圆形小餐桌已经撤掉，只剩下铺在沙地和草坪上的大红色地毯。

牧慎的口腔还有龙虾留在黏膜上的余香，一仰脖，灌一大口啤酒冲淡。他游离在人群外围，等大家端走食物，这才靠近餐台，又拿起一杯啤酒。

主持人再次出场，带着几位杂技演员。高空杂技十分惊险，观众叫好不迭，主持人也小秀个魔术，噌的一声从裤裆掏出两只鸽子，舞台下面发出哄堂大笑。

红毯上的表演也开始了，竟然是滑稽动物秀！

十几只雪白的小狗在穿蓬蓬纱裙的美女演员指挥下，轮流打滚、跳火圈、集体作揖，甚至挽手跳舞。接着是小猴子，穿着小丑的衣服，拿着小锣边敲边龇牙。

这种“反动物”的表演，甚得人类喜欢，观众恋恋不舍地目送小动物下场。年轻舞者又跑上来，载歌载舞过后，LED 屏开始转播除夕夜的电视节目。

众人都被表演吸引，只有牧慎没兴趣，他关注的是人！

牧慎吞着啤酒，细看嘉年华的客人，男女比例刚好。男士以中老年人居多，30 岁都算年轻的，女士则各年龄段的都有。

也不知是来之前就认识，还是临时结交，客人已经三三两两。偶尔有个别女士打单儿，别急，马上就有男士凑过去，几句话笑脸就冒出来。只见男士殷勤地起身，一路小跑去拿饮料。

糖小姐直播空隙朝牧慎挥手，却没有走过来的意思。

被人声和嘈杂包裹，牧慎显出形单影只的寂寥，但很快，就有一个人靠近。

“你很特别。”

这女人终于走上前：“其实，我注意你很久了。”

牧慎低头看来人，小小的个头儿，只比自己的腋窝高一点儿。85 分的容貌，95 分的打扮，年纪在 28~38 岁之间。这个年龄段的女士差个十几岁，精心化妆加上夜色掩映，确实不太容易分辨。

“我叫夕。”

舞台音乐正嗨，夕小姐扯起嗓子，指指胸前的牌子，牧慎只好看过去，属于正常尺寸，不像薇小姐那样，像她的人实在不多。

“我哪里特别？”

牧慎反问，语气并不柔和。发觉失礼，赶快放松扑克脸，手里的酒杯与夕小姐的碰碰，这声清脆打破尴尬。

“中午我就注意到你，在接待处，我在你身后。”

牧慎“哦”一声，当时白衣灰裤戴一条蓝色丝巾的夕，边填表格边往这边看，还导致自己走神。

“下午，双胞胎小姐和你聊天，在小酒吧，我也在旁边。”

牧慎只好又“哦”，他不瞎。

“嘉年华，就是图热闹的地方，不然我们来干吗？”夕小姐像是自言自语。

不远处的狂欢不断升级，有客人抢过话筒主动表演，随即就冲出几个人即兴伴舞。这伙人闹腾完，又有人组织对歌……

慎先生与夕小姐正有一搭没一搭地尬聊，薇小姐带着一位穿西装的细高挑男人走过来。她手里举着酒杯，远远就咧开嘴笑着，这下把她门牙有点歪的缺点彻底暴露。

“新年嘉年华快乐哦！”薇小姐那神态像极了贾府春风得意时期的熙凤，“牛内经理和我，代表主办方给二位敬酒，祝除夕吉祥！”

胸口用金色丝线绣着“内”字的男人，赶快把酒杯伸过来，逐一和大家碰杯。

“肉经理，辛苦啦。”夕小姐喝完一口，又把酒杯凑过来，表情坏坏的，“晚上的烤牛肉，滑嫩、多汁又美味！”

薇和夕交换眼神，同时笑出来。

叫牛内的先生露出职业性的爽快笑容，“喜欢就好！喜欢就好！”

牧慎也秒懂了女士们的笑点，内经理，肉经理，牛内，牛肉。

“肉经理”和薇小姐还要去周旋其他客人，转眼间，又剩牧慎与夕小姐两人了。

“到那边走走吧。”

女士指指舞台不远处的变色木丛，几条长凳可以暂时远离人群。两人坐定，手里还端着酒杯，夕小姐又开始主动说话——

“这种热闹让人更落寞，是不是？我不知道你的故事，但到这里来的，都是很可怜的吧。我们没有家人，在这本该团聚的日子里，却孤独一人。”

牧慎这次认真地点头，远远看到糖、蜜姐妹在斯诺克球台旁边，与一个戴眼镜的微胖男人相谈正欢。

DJ 卖力打碟，主持人热力煽动，肉经理、薇小姐和工作人员穿梭其中，左右逢源。此时的欢声笑语，估计整个沙滩公园的人都能听得清楚。

“想说说你的故事吗？”女人依旧主动，斜着身子，竟自然地靠在牧慎身上。

“哪方面？”牧慎没躲。

夕小姐眯着双眼逼视男客人，沉默少顷，送来一双媚眼："我就知道你很特别。说实话，到这个嘉年华的男人和女人，谁没一点秘密呢？不过我们来到这儿，目的只有一个，那就是隐藏自己的故事，在新年期间，享受一场狂欢！"

"什么狂欢？"

"你是故意的？！"

夕小姐把酒杯用力杵在长凳上，瞪着眼珠盯着牧慎。

"没有，我确实不知道……"

"胡说八道！这里的男人，就没有不知道的！"

牧慎只好闭嘴，静待女士自己消气。不过也没几秒钟夕小姐就变脸，重新眯缝起眼睛："其实，你这样也不错。何必都那么直白，那就太无情趣了。"

牧慎苦笑，"你这样想就好。"

"帮我拿点酒来吧。"夕小姐指指广场上的长桌，"多拿一点，今晚除夕，咱们一醉方休！"

等牧慎慢悠悠回到长凳，夕小姐已经站在更远处的另一张长凳旁。牧慎腋下夹着一瓶啤酒，左右手各拎一瓶红酒，走进灰暗的灯光死角……

三瓶酒见底，主舞台还有人在跳舞，音量大到就要把音响撑爆。小广场被刺刀般的射灯连续刺插，毫无反抗之力，却也没有人怜悯它。

最后的节目是工作人员上台表演，肉经理扮成财神被众人簇拥，手捧一只金元宝。薇小姐明显在领舞，先不评论舞姿，她的身材就足够成为焦点。只见两球弹跳，多少男客人在台下合不拢嘴巴。

岸上，开始放焰火，巨大的炮筒朝着天空，打出一个又一个彩色图案。小广场也开始呼应，一排烟花树冒着冷色调的白光，噼里啪啦的。

除夕，新年，怕也就是这般模样吧！

……

牧慎又走神，脑海里的影像一幕连接着一幕，旋转着，扭曲着。一会儿那么清晰，一会儿又模糊，似梦非梦，说不清，道不明。

夕小姐耷拉着头，靠在牧慎胸口，半闭着眼睛，也说不清是醉了，还是睡了。

海风里，这两人就像雕塑，外人甚至会误以为他们已经死了。

死了？！

牧慎终于回过神，发觉双脚已经没有知觉，麻木得就像一对老树桩。夕小姐却猛然惊醒，双眼钩子一样拢住眼前的男人。

突然，她扔掉挂在小手指上的酒杯，一下子跨坐在牧慎的腿上，上身完全贴合过来，酒后的躯体热乎乎："你还装，还装，就是这种狂欢啊！"

牧慎实在没想到，大庭广众之下，这位陌生的女人竟如此主动！

想推开对方，却又不知该怎样发力，眩晕之际，只听到夕小姐略带哭腔在自己的耳边吼道——

"我们都是被抛弃的可怜虫！就算报复这个世界，我们也应该狂欢吧！……"

4

强压着酒醉的天旋地转，胃疼得要从胸口跳出来！海鲜和啤酒肯定发生了化学反应，牧慎好不容易哄骗自己睡着。

午夜，口渴得厉害，牧慎在梦里挖井。又听到哭声，隐约觉得是自己，到处找不到厕所。最后醒来，发现已经躺在床上。

牧慎要的"惊喜"还没影子，"艳福"却从天而降！只记得夕小姐激烈地吻着自己，小小的身子把他结实地压在长椅上，双手握紧他的手腕不准他反抗，自己满脸口水。

一阵恶心，翻身下床，趴在马桶上喷射，牧慎浑身虚软，就地蜷在地板上。

房间开始颤抖，先是微微的，又来几次大的颠簸，像地震，又不连续。牧慎完全睁不开眼睛，只以为还在梦里。

这漫长的夜晚呀，宿醉的折磨呀，好像永远没有尽头。

再次醒来，天还没亮，牧慎双手撑住地板，本想挣扎着站起来，却突然摸到黏黏滑滑的液体！

这液体不是水，也不是呕吐物，有种极其熟悉的感觉。牧慎将手移到鼻子前闻闻，甚至下意识地舔舔——

新年F岛嘉年华的客人缓缓坐起来，就着房间的小夜灯看向手掌，只惊得魂飞魄散！

血！

再回头看那血的来源，牧慎两耳轰鸣，就要晕倒！一具S形摆放的躯体紧贴自己的后背——不知道她死了多久，也不知道和自己“亲密接触”了多久？

牧慎想呕，忍忍没吐。

当务之急，赶紧叫人来吧！

F岛负责人，外号“肉经理”的牛内先生拎着应急灯，带着卸了妆、鼻子上架着厚底眼镜的薇小姐及眼角下垂的男保安，还有两位穿红色制服的工作人员，快步赶来！

牧慎把事情的经过，描述了一遍。

房间里有一部对讲机，相当于电话，刚才牧慎就是用它通知服务台。

尖叫，好老套——但没有。

薇小姐没尖叫，她是护理专业的准护士，对尸体不算陌生。但明显看得出，现场见到死人，她还是有些紧张。她极力掩饰，仿佛恐惧和紧张就是对自己未来职业的侮辱。

可是，等众人凑近细看尸体时，就连男工作人员也惊叫起来——

这尸体的脸，实在是恐怖至极！

如果这还能称为一张脸的话，五官已经搅成一锅粥，能看出重击发生在嘴部。

嘴唇已经被打扁，门牙被打断，鼻子也未能幸免，一只鼻孔被砸烂。眉毛被血浆糊住，左眼也崩坏，只有右眼还算完整，半睁半闭。

有人吐了，这是正常反应。

旁观者惊慌失措，大气都不敢出，只有肉经理见多识广，不准众人靠近尸体，自己蹲在地上试探死者剩余鼻孔的气息，又拿出手机到处拍起照片。看他的认真样儿，不像经理，倒像侦探。

薇小姐抱着肩膀和男保安站在旁边，脸色铁青，如同一对儿闭嘴的知了。

死者，是蜜小姐，她挂着胸牌。

网络明星兼“售货员”的年轻女士，双胞胎的一位，此刻蜷缩着身子，死在牧慎的客房里。

血沿头部的伤口流出来，在地板上绘出一个不规则的圆形。血液已经有些凝固，呈暗红色，把牛仔外套浸得湿答答的。

嫌疑人牧慎，新年嘉年华客人，交纳一笔不菲入场费的男子，面无表情地窝在客房的沙发里，双手放在膝盖上。

地上躺着一名穿着复古款，也可以说是脏兮兮的牛仔外套的，女性尸体。

而这件外套，就是这位慎先生的……

凌晨六点，能挤坐4个人的小鸟直升机轰鸣着，悬停在舞台前供狂欢的空地上，把沙子卷起几尺高。

本城警察署裕川介督察单手扶下巴，一脸痛苦，后面跟着一位不停抚打脸上沙砾的女警官。法医和法证拎着箱子，紧随其后。

“又掉啦？”女法医小声问女警官，对方憋不住直笑。

“一直吃，还能不掉？”

法医也忍俊不禁，来到督察面前，两人背过身子，帮他按摩颌骨，只听“咔吧”一声，脱臼的骨骼回到本属于它的位置。

昨夜，除夕，年的味道还在空气中飘荡，那是烟花放后残存的火药味。

现在，初一，灌木上还挂着没清理干净的彩色纸条，广场中央的舞台虽空空荡荡，但“新年嘉年华”五个大字却格外显眼。几块烘托气氛的红地毯被踩得稀巴烂，又被直升机吹得彻底分道扬镳。

不远处的果岭，已经有人在打高尔夫，那挥杆的动作看起来就是刚玩练习杆的菜鸟。

下巴复位，督察也恢复精神。

双脚有节奏地踩踏着一丛又一丛沙培矮生百慕大草，在嘉年华负责人肉经理的带领下，一行人不久便来到发生命案的红色集装箱区域，某一栋最高的一层。

一眨眼工夫，女警官手上多出个圆牌，对着上司面有难色：

“说是岛上规矩，都要戴……”

督察并未像下属预想中那么反对，只见他略一皱眉，自己抓起马克笔，在胸牌上写了个大大的“介”字，夹在警服上。女警官的胸牌，一个单字“叶”。

挂上胸牌，警察都有了名字，也便于众人称呼：介督察、叶警官。

报案人肉经理小声向警方介绍着情况，指点着此刻站在露台上的那位高挑的中年男人。只见他面朝房间，略微垂着头，背靠在种满花草的栏杆上。

宽敞的集装箱房间里还有几个人，或坐或站，肉经理也逐一介绍：

站着的都是工作人员，半躺在沙发上的是客人，正在哭泣的是受害者的姐妹，陪在她身边的戴眼镜的男人是同行伙伴。客人都戴着胸牌，女客人的睡衣上是“糖”字，男客人单字一个“汝”。

凌晨四点半，接到慎先生的呼叫，肉经理当机立断，火速报警。

介督察一边听一边端详嫌疑人，冷不防问嘉年华负责人：

“现在几点？”

肉经理赶快看手表，6：45，裕川介也看看自己的手腕，挺准的。

“受害人什么情况？”介督察问。

“初步看来，后脑受钝器撞击，颅骨粉碎骨折，脑组织挫伤。面部损伤是同一钝物所造成。”女法医摘下口罩。

“凶器是什么？”

“一定质量的钝器，足以打破颅骨。可能是金属，但没有留下金属物质，表面应该包覆着某种物质。看伤口形状和深度，圆头，接触面不大，但破坏力很强。应该是手握形状的，发力集中的一种工具。”

“死亡时间？”

“凌晨2：00左右。”

“尸体有搬动迹象吗？”

年轻男法医摇头，“没有，这里就是案发地点。”

“打斗痕迹？”

“没有，比较平和。”

“血液的组成？”

“暂时只发现一个人的，就是死者。”

“足迹呢？”

“非常杂乱，几乎没有价值。”

“指纹？”

“更乱，很多人叠加。”男法证特别无奈，“尸体虽然没被搬动，但也被移动过。估计有人抱起来再放下，甚至剧烈摇晃过。”

裕川介起身，和叶警官走到门外，耳语交代一番，重新回到室内，把肉经理叫到身边，正色批评道：

“为什么不保护案发现场，这应该是常识！”

肉经理赶忙道歉，但马上就用一副委屈的语气解释着：“刚才这里打了一架，拦也拦不住，就弄得乱七八糟的！”

“谁和谁打架？”

“唉！”肉经理叹气，“其实也算不上打架，慎先生并没动手。是死者的姐妹，双胞胎的另一位糖小姐要打他——当然，她的心情也可以理解。”

“请您详细说说，好吗？”介督察的语气也缓和下来。

头上白发斑斑的嘉年华经理开始讲述，为了让警官身临其境，他接下来还进行“角色扮演”，不得不说，这真是一位负责任的中年人：

蜜、糖两位小姐是除夕正午抵达嘉年华的最后一批客人，同行的还有汝先生。他们分别住进黄色区域的三套房间，糖小姐和汝先生是一栋，蜜小姐是临近一栋。

汝先生据说是位企业家，挺斯文的，偶尔还说外语。他们希望入住同一栋，但来得太晚，已经没法挑房间。

凌晨我报警之后，楼梯上传来急促的脚步声，糖小姐和汝先生冲上来。糖小姐看到血泊里的人儿，顿时哭叫起来。

“是你，杀了她？！”

糖小姐指着牧慎，伸手就要挠抓过来，被汝先生拦住。慎先生没说话，只是在摇头。

“那她为什么会在你的房间？！而且，而且还死了！”

慎先生依然表示不知道。

“你等警察来吧，你告诉警察你不知道，看谁会信！”

“半夜这里还没人，结果刚才就发现蜜小姐，在这里……”

“不是你杀的人，怎么会在你的房间？！”汝先生也质问。

“慎先生又是怎么回答的呢？”善解人意的裕川介适时插话，帮助肉经理调剂独角戏的枯燥。

肉经理缓口气，继续讲述：

慎先生答不出，他只是反复说自己没有杀人。糖小姐又号起来，脚在空中蹬着，这意思很明显，要踢死慎先生！

我们不能任由客人继续闹下去，毕竟岛上还有其他客人，只能硬把糖小姐按住，请她在沙发上冷静一下。

这时，糖小姐不顾我们的阻拦，趴在尸体上大哭，抱起姐妹搂在怀里，又把她放下。汝先生也蹲着，近距离观察死者的伤口。

在警方到来之前，糖小姐又闹着要先“审问”慎先生。

看她满手的血，癫狂的模样，已经没人敢说“不”。好在，她允许我来主持，自己坐在尸体旁的地板上，不停擦眼泪。于是我安排薇小姐做记录，晚些时候可以当成嫌疑人的第一次“笔录”交给警方……

裕川介又瞧瞧露台上石膏雕塑一样的牧慎，女助手叶警官走过来。

“受害人的双胞胎姐妹怎么说？”

“情绪很激动，好在有那位汝先生安抚着。”叶警官怜悯受害者家属，“刚才简单询问，糖小姐讲，她与蜜小姐本来开开心心，下午发现慎先生穿一件复古款牛仔服，就和他聊几句，彼此再没有交集。嘉年华上，这对姐妹一直在网络直播，得到不少打赏，也喝了很多酒。凌晨一点左右，死者蜜从糖的房间自行离开，当时汝先生也在。”

“死者及家属认识嫌疑人吗？他们之前有什么过节吗？”

“糖小姐不认识慎先生，并且肯定死者也不认识，但一口咬定就是慎先生杀害了死者。”

“凌晨一点到两点之间，有什么人见到死者蜜小姐没？”

“调查半径还没有扩大，暂时没有。”

警察的到来，牧慎看见了，可他没有理由主动走上前。

他甚至能依稀听到肉经理与那位有一对旗杆般惊人大长腿和浓密黑发的帅气警官说话，自己的名字被频繁提起。肉经理和自己也是瘦高个儿，但站在这位警官面前还是稍逊一筹。头发更不能比，嘉年华负责人已经满头华发，自己从几年前隐现“地中海”。

牧慎想点一支香烟，才想起已经戒掉很多年。

捶着有两条皱纹的额头，中年男人转过身去，面朝大海，依然搞不清究竟是哪里出了错。

天边，已经发白，新年第一天的清晨如约而至。雾色茫茫中远方灯火摇曳，看不清是渔船，还是灯塔。海水荡漾着，从四周包裹小岛。

等等，四周，海水！

那么陆地呢？！

一夜之间，沙滩公园上的嘉年华举办地——F岛，竟然，漂浮在无边的海面上……

5

薇小姐所做的笔录是这样的，看来她学过速记，又在警察到来之前整理了一遍。肉经理特意确认一遍，属实：

肉：“慎先生，怎么回事？”

慎：“真不知道，昨晚狂欢，喝酒之后的事儿完全没印象，也不知道怎么回到房间的……”

肉：“我看到你和夕小姐在一起。”

慎：“是的，先和夕喝酒，然后她坐在我腿上，我把她推开，从这里就断片了。后面醒来一次，在床上。又醒，去吐，趴在地上。再醒，就发现尸体……”

糖：“尸体，你骂谁是尸体呢？！”说罢，欲伸手打慎，被拦住。

肉：“除了这些，还能想起什么？”

慎惊呼：“有个重要细节！夜里上厕所，我特意检查门锁，房门和露台的门都挂上了链条锁。那时，地上还没有尸，不，东西……”

肉：“按你的意思，是蜜小姐半夜里自己跑进你的房间？！”

众人皆露出不可思议的神态。

慎：“门从里面锁住，在外面能打开吗？”

肉摇头：“我们有万用钥匙，但如果客人挂上链条锁，从外面就打不开。露台的门，也是同样原理。”

汝：“窗户呢？”

肉：“落地窗其实就是玻璃幕墙，不能开合，也就不能走人。”

汝：“柜子，能藏人吗？”

肉：“这房间有那么大的柜子吗？没有。”

汝：“床下呢？”

肉：“也不能，床腿很高，又靠房间里面。走进房间的人，都能看清楚床底下的状况，就算慎先生喝了酒。”

慎：“那么，这就是一个所谓的‘密室’，对吗？”

肉：“看来正是如此，凶手杀人之后逃走。”

糖：“胡说八道！就是你杀死蜜，你这个杀人犯，我要你偿命！”

……

介督察放下笔录，见肉经理还站在身旁，便继续问：“这个岛怎么回事？怎么从沙滩公园跑到这里？”

肉经理没有犹豫，解释道:“新年嘉年华的活动，本来就提前安排好这个环节。F岛在除夕午夜之后会来到海上，这是给客人准备的新年礼物，一个惊喜！”

“这个岛，是一艘船？”

“不完全是。主要的行程还是靠提前安排好的拖船队，到达指定海域，沿着洋流方向再启动辅助航行设备，为岛提供前进动力。”

“挺会玩儿！别人坐船看海，你们坐岛。”

嘉年华负责人牵动嘴角，摆出一个职业性的假笑，里面有自嘲成分。

“其他船可以靠近小岛吗？有人可以跳海离开吗？”

裕川介环顾左右，拾起牧慎房间桌上的一个陶瓷奥特曼摆件，把玩一阵儿放回原处。

“看来不能。”

肉经理有点无奈，我，还是详细给您介绍这座神奇的岛吧——

这座岛，叫作F岛，其实就是浮岛的谐音。

浮力，来自一种国际先进的军用气垫装置。在气垫上再搭载轻钢构架，构架上铺复合材料板，再运来泥土，摊上沙子，种上花草，摆上轻合金材质的集装箱。

为了防止小岛下沉，经过精密的载重量测算，整个岛的底层都用厚达一米，可漂浮的三层大型气垫做衬底。铺沙子是为了模拟沙滩；种上草坪的目的，一是美观，二是用草的蓬松感来掩饰漂浮海面的虚无感。

为了让小岛不翻，不随洋流漂走，工程师做了装载平衡配算，这些集装箱的摆放十分精准，嘉年华活动也放在中心的主广场。

为了防止有人不慎落水或主动跳海，小岛四周的水面下方早就布好宽大密集的织网，就像竹荪的长裙菌盖。只要有人跳进去，就会被大网兜住，主控室的监控也会同时报警，网会立刻收起来。

此外，为了防止鲨鱼等大型海洋动物进攻，岛的四周都安装驱逐声呐。如果还有“胆大的”，气垫下面密集的金属尖刺，也会给这些可怜的“熊孩子”，一个刻骨铭心的惨痛教训……

为了防御极端恶劣天气，岛的边缘也安装隐藏隔板，只要暴风雨引发的海浪袭来，隔板就会立起来，这时候配合排水系统，F 岛就真的变身为 F 船。

其他船只也别想靠近小岛，我说过，岛的四周都是织网和尖刺。人游不出去，也游不进来，织网遇到人就会收起来，卡在大网里的人，要专业的救生员跳进海里，才能救回。

现在您懂了吧？！

F 岛的真正寓意是“浮岛”，一座漂浮的岛屿，如同蓝鲸裸露在海面的背脊，它才是嘉年华最大的秘密和惊喜！

这段技术含量较高的介绍，督察听得明白。可他却不停地擤鼻子，直到小瓣蒜一样的鼻头翕动两次，终于打出个响亮的喷嚏。

“目前，有人进出过小岛吗？”

肉经理帮忙扯一张纸巾，递给在直升机上受凉的督察，回答道：“没有，我们刚清点过全部的客人和工作人员，包括死者蜜小姐，与出发时人数完全相同。”

“一共多少位客人？”

肉经理不假思索，张口即来，“红色、黄色集装箱区域共有 27 栋，81 套客房，全部住满，客人总数为 81 人。我们严格为客人提供每人一间客房的服务。而且，所有的客人务必年满 18 周岁。”

“每人一间，年满 18 周岁，这有什么暗示吗？”介督察鼻音很重。

“完全没有！”肉经理快速地摆着手，几乎看不清他的手指，“我们只是希望确保服务质量和岛上秩序，没有任何色情暗示。”

“工作人员多少位？”

“加我，36人，不含之前临时雇用，已经下岛的演员和拖船工人。”

“36人都在岛上？”

“一个也不少。”

“请把名单给我。”

肉经理变魔术一般从口袋中掏出表格，看起来早有准备。裕川介简单翻看，递给女助手叶警官。

“那就准备返航吧！回到岸边再详细调查。”叶警官发话。

“看来不成……”对于警察的提议，肉经理支支吾吾，“实在不瞒您说，F岛现在还回不去。”

“为什么？”

“我讲过，F岛并不完全是船，只有辅助航行设备，靠洋流驱动。换句话说，我们只能往前走，要想返航还是要靠拖船队。而且需要特定的拖船及经过培训的船员，才能把F岛成功拖回去。为我们提供服务的这家船务公司是签了协议的，对方会在大年初七的凌晨过来，将我们拖回陆地。时间预订得刚刚好，等我们到达海滩，正好是初七中午。”

“叫他们提前来拖走就行。”叶警官不以为然。

“恐怕警方的命令，对方也无法满足。据我所知，这些船工回到岸上，就会各自散去回家，毕竟今天是大年初一呀！协议上明确，不能要求船工提前来拖船，否则要支付一笔额外的加班费。也许你们警方沟通并承担费用，对方会配合，但要集齐经过培训的船工，再来到海上，把我们拖回岸边，起码也要8个小时。”

“为什么要这么久？”

“拖船队午夜出发，凌晨5点把我们拖到预定海域。现在7点，我们向前行进了2小时，不过洋流速度不快，暂且忽略。拖船队还要

3 个小时才能回到岸边，再过来又要 5 小时。”

“他们还在海上，原路返回来，不是只有 2 小时吗？”

“我们联系不上船队，发现尸体并报警之后，网络断了，电话也打不出去。”

“那也不难。F 岛拖不走，我们就用快艇把大家分批运回陆地。”

“我也说过，快艇无法靠近 F 岛，本来在设计时，就是不能随便进出的。”

“那干脆再派直升机，虽然成本高一点。”

被大家称为“肉经理”的嘉年华负责人一脸苦笑，“警官女士，可能您还不知道，气垫支撑的 F 岛不能承载任何飞行器降落，小鸟直升机都只能悬停。如果用‘小鸟’运送大家，就算乘客也能外挂，起码也要 20 个来回吧。这么多的花销，费用都由警方来承担吗？”

“那就派大型直升机！”

“那也要跑个五六趟，而且，您可能还不清楚……”

“什么？”

“海上已经起了团雾，飞行器不能起飞和降落。至于团雾什么时候能消散，我不是气象专家，不能预见。”

“那就等团雾散了，也就是几个小时的事儿。”

“估计我们还是不能乐观。”肉经理挺直脖子，好像执意要说服女警官：

大型直升机悬停，螺旋桨会产生巨大的风力，凭我对 F 岛的了解，这恐怕会造成一场未知的灾难！

F 岛是气垫支撑，精准配重的浮岛，这么大的风，除了把沙子卷得满天飞，说不定还会把岛吹翻。

而且，不是所有人都有体力能爬上直升机，我们有两位残障客人。

还有，我们提前终止新年嘉年华，没有征得所有客人的一致同意，如果贸然行动，后续也要承担巨额赔偿，这笔钱从哪儿出？再说，目前还没有客人提出想要终结这趟行程……

“好啦！”叶警官叫停，“照您的意思，我们只有等拖船队这一个方法？”

肉经理微微鞠躬，“实在抱歉啊，看来只能如此。更何况，现在没有网络和手机信号，我们无法联系拖船队，警方又怎么联系快艇和直升机呢？”

两人对话间，裕川介嘴角含笑，踱到窗边，出神地凝视着落地窗外那没有一丝缝隙的，白色浓雾。

警方正在查案，牧慎房间的门口，一位女士探头探脑。对方正想转身，被肉经理叫住。

“夕小姐！”

穿戴整齐的夕小姐只能转身，见一众警官在场，略微迟疑，然后对着肉经理皱起眉头来：

“怎么回事，我们怎么到海上来啦，不是在沙滩公园吗？”

“实在不好意思，这其实是我们准备的一个惊喜，我晚点会向大家解释……”

“惊喜？”夕小姐指着尸体，“这就是你们准备的‘惊喜’，死人？！”

露台上的牧慎转头，眼神投向夕小姐，对方立马移开。

“而且手机怎么没有信号？既不能上网，又不能打电话，如果我有重要事情要和外界联系，怎么办？”

“实在抱歉，这确实不是我们的计划。岛上的工作人员正在修理，看是哪儿出了问题。”

“大过年的太不吉利，我要回家！”

肉经理满脸堆笑，好言劝慰道：“实在抱歉，其实我也想让您回家，警察已经来到岛上，等调查完毕，就安排您和其他客人回到陆地。”

“警察要调查多久？这样的地方谁还能住下去？！”

“我们想走也走不了。”

“直升机呢？警方能来，我们就能走！”

“海上起团雾，直升机不能接送。手机没信号，我们也无法和拖船队联系。”

“快艇呢？”

“也没有，刚才告诉警官的原因，您应该听到了。”

夕小姐冷笑，“我明白了，这是个阴谋。你们故意要把杀人犯关在岛上，来个瓮中捉鳖，那客人的安危怎么办？我们和恶魔同在一个岛上，安全由谁保证？”

“警察在，我们更会加强巡逻，也请您不要到处走动，最好就待在房间。”

肉经理的躬快鞠到地板上，叶警官走上前，将夕小姐带到旁边。几句话之后，女客人无奈点头，最后瞥一眼牧慎，对方却恰好看向别处。

裕川介抬手看表，已经7：30，便吩咐肉经理：“忙活了一早上，是时候该吃早餐啦！”

6

浓雾，把整个F岛吞噬，如同暴饮暴食的怪兽。

裕川介慢条斯理地踱下楼梯，随着肉经理穿过小广场，朝蓝色集装箱的餐饮区域而去，女警官赶快跟上来。

“姐夫，咱们不问话吗，嫌疑人还在现场？”

“不用问，先吃东西。”

“又吃？！”叶警官吐吐舌头，“你确诊是神经性贪吃症吗？”

“食，不是吃，神经性贪食症。请不要试图嘲笑病人。”

“那还不是一样，起码你要注意自己的名人形象吧，神探先生！”

“我是名人，但不是明星。我又不要靠脸蛋儿维系光环，我吃多少，不影响侦破案件。”

“可吃这么多，会不会变蠢？”

“这你就不懂啦，食物里蕴含的能量，是人类大脑动力的来源。整天念叨节食减肥的，才会蠢。”

“难怪你这么聪明，是警界神探。”小姨子嘴上奉承，脸上可是不服气。

“所以平时才叫你多吃鱼。”

“我不能吃鱼，鱼刺经常卡在喉咙里！”

“你知道人类为什么会被鱼骨刺到吗？”裕川介在浓雾中停住脚步，故意和肉经理进一步拉开距离，“那是，鱼的报复……”

餐厅凉爽舒适，灯光通明，虽然凌晨发生杀人命案，但岛上的运营似乎并没受到影响。

工作人员忙忙碌碌，薄皮大馅的饺子一盘接一盘出锅，客人在这里品尝丰富美味的新年第一顿早餐。裕川介称赞肉经理领导十分有方！

“真的，是密室吗？”叶警官夹起一只鲜肉大饺，心算一下卡路里，恋恋不舍地放下。

“如果牧慎没说谎，肉经理也不是他的同伙，这就是密室。”

同一只饺子立刻被裕川介拾起，熟练地丢进蒜泥酱油辣椒汁，打两个滚儿，一口就扔入嘴里。

“哇！”

年轻的女警官立刻兴奋起来，压低声音道：“姐夫，听说没有你破解不了的密室案件，人送外号‘密室终结者’，现在有眉目没？”

“你给我起的外号？”裕川介又夹起绿色的菠菜鲅鱼饺，这次蘸蘸醋，“暂时还不能告诉你，请自己动脑子。”

叶警官把手里的餐巾丢在腿上，嘁嘁嘴，“老头子就知道卖关子！”

饺子吃腻，裕川介又开始对付餐盘里堆积如山的炒饭和金枪鱼沙拉。话说，这样混在一起吃好吗？他却吃得津津有味。

“大过年的，你一个文职硬跟着我来案发现场，还不就是来学破案的？你自己不动脑子，怎么有收获，还不如窝在家里看电视呢。”

“电视看太多，人不会变蠢啊？！”

女警察露出极其不屑的表情，端回一碗虾籽米线，挑几筷子后，又开始问上司：“姐夫你说，为什么现在的凶手，都喜欢玩密室这一套？”

“学的呗。”

“从哪儿学的？”

“网上呗！”裕川介终于舍得放下盘子，端起红茶杯，“网上害人的东西，不少。”

“但我觉得，这些人可能是看书学的。”叶警官彻底推开米线，煞有介事地摇晃食指，“模仿犯罪！”

“我承认，精彩的推理小说会呈现一些巧妙的犯罪手法，但是请注意，如果你读完整本书，就会知道，凶手的最终下场——”

“让警察逮住啦！”

裕川介耸肩，“那可不，鼻祖都被抓啦，你一个模仿犯还有好下场？！”

“但我听说有一种罪犯，认为密室有仪式感，显得‘高端’。”

“没错，确实有凶手热衷杀人的快感。适当的仪式感，可以增加快感的程度。”

“变态！”叶警官泄愤地吸着米线，“不过我喜欢，密室蛮有挑战性。咱们赶快吃，去找线索吧！”

“不急，反正小岛现在漂在海上，杀人犯跑不掉，法医、法证在检查，而且，最重要的是，我已经破解了密室之谜。”

“啊！”

叶警官简直不敢相信自己早上刚用小手指掏干净的耳朵，“姐夫你在吹牛吧！你甚至都没问嫌疑人一句话，转一圈，就破解了密室的玄机！如果不是吹牛，那你也太神啦！真不愧是警界赫赫有名的‘神探裕川介’！”

介督察不理会小姨子，又去倒一杯土耳其红茶，再次端起盘子流连在数不清品种的美食餐台。叶警官屁颠屁颠跟着，歪着脑袋和姐夫继续对话：

不过，这个“仪式感”，是不是也弄得太刻意？

浮岛密室，集装箱密室，没有监控摄像。手机没信号，网络不通，海上团雾，不能上下岛，拖船不来就得顺着洋流往深海里漂，然后拖船不知道猴年马月才能来……

这位凶手大人，怕是老套的推理小说没少看，拾人牙慧、故作玄虚、缺乏创意！

“死孩子，嘴别那么尖，总用成语骂人！”神探把堆满甜点的餐盘放在桌上，就势坐下，雪白的餐巾铺在腿上，“你怎么就能确定这些密室没创意？线索都在你眼前，靠你的智商解开全部谜题，再做评价吧！”

吃饱喝足，裕川介要去看海景。虽然大雾弥漫，他还是在岛上狠狠转悠了一大圈，各个角落都瞧遍，这才回到肉经理在蓝区临时安排的集装箱里。

这里的陈设与牧慎房间一致。肉经理解释，这原是他的“地盘儿”，先给督察使用，其他警务人员也妥善安排好。

裕川介咕噜噜几口吞下整罐可乐，把易拉罐的拉环逐个套进自己的手指，在无名指的第二节就卡住，费一点力气才拔出来。

肉经理跟着看得出神，直到介督察把拉环捏变形，弹在桌上，重新打开喉咙，发出可乐里的糖浆糊住喉咙的声音——

“岛上没有监控吧？”

肉经理惊讶，“您是怎么知道的？岛上确实没有任何监控设备！”

“这很奇怪！”叶警官接话，“监控是公众场合必备的，天眼也到处都是，人员聚集的嘉年华，主办方竟然没装一部监控，你们怎么做安保呢？如果客人出现意外，责任怎么判定呢？”

肉经理表示歉意，“警官您说得没错，我们确实会比一般的活动主办方更加小心谨慎。除了主控室有监控海面和织网的摄像头，整个F岛内部，一个都没有。”

叶警官还想争辩，被上司叫停，肉经理也没打算深入这个话题。

“你不是真正的老板吧？”

“不是，我是职业经理人。”

“老板在哪儿？是时候该请他现身了。”

肉经理有丝尴尬，好像自己不该在公共场合清理鼻屎一样，“我，没见过老板。”

“哦？”裕川介微笑，貌似这个答案也在预料之中，“你又是怎么接手这份工作的呢？”

“半年前，通过网络应聘的。”

“你与老板之间怎么安排工作？”

“都是通过网络。”

肉经理打开手机中的一款聊天软件，对话框置顶的果然是标注为

“嘉年华老板”的人。

“不装摄像头，是你的主意，还是老板的？”

“肯定是老板。我会建议360°无死角，毕竟这是人员混杂的场所，谁也不能预料会发生什么。”

裕川介接过手机，翻看二人对话记录，空空如也。

“好好的，删了干吗？”

“我没删。”肉经理有点不自然，“我也奇怪，每次和老板的对话都无法保存，只要过30秒，聊天记录就会自动删除。”

“定期删除是你设置的吗？”

“不是。”

“那是软件自带的功能吗？”

“也不是。”肉经理干脆径直说出，不再浪费时间，“其实这是老板给我的手机。”说话间，从裤子口袋里又掏出另一部，“这才是我自己的。”

——招聘过后，我被告知录用，老板让我到其指定的手机商行报一个号码，取回这部手机，软件都下载好了，直接使用即可。

有部新手机，我当然高兴，估计老板是怕商业机密泄露，才让我用专用的。不过，定期删除功能我不喜欢，有些聊天记录还想保留回头查看，怕曲解或遗忘老板的吩咐。可奇怪的是，这部手机却连截图功能都没有！

裕川介把手机递给叶警官，对方精通电子设备。果然，她马上发现聊天软件植入了木马，有定期删除功能，手机也没有截图功能。

“你不是还有手机吗？为什么不用自己的手机拍这部手机的对话内容呢？”

“不能这样做，我是个有职业操守的经理人，老板有其理由，我就要尊重。而且，我已经失业一段时间，嘉年华的工作对我很重要。

老板虽然神秘，但我们做的事情还是靠谱的，是正当生意，我不想给自己招惹麻烦，也不能毁掉业内口碑。”

“这位神秘的老板，是男是女？”

“我确实不清楚。”

“你们一次电话也没通过吗？”

“没有，最初是在招聘网站的留言区留言，然后是电子邮箱，接着就是手机的聊天软件，我没有听过对方的声音。”

“从语言措辞上，能估计出对方的年龄和性别吗？”

肉经理又是一脸便秘的神情：

“对不起警官，我并非有意隐瞒，这也是我一直有疑问的地方，因为对方的措辞特别简洁，使用的几乎都是书面语，句子简短，没有方言，不用成语，也没有流行语，没有外语，甚至没有人们在聊天软件中常用的各种小表情，实在无法判断。”

“精心设计这样一个巨大的密室，费尽心力地拖到海上，又刻意隐瞒自己的身份，你就一点都不怀疑吗？”

肉经理好似很努力地思考着，最后，摇摇头——

这没什么可怀疑的，有钱人的癖好多着呢！

我们这些职业经理人，什么奇葩的主子没见过呢？换句话说，如果我是老板，真正的岛主，我可能也会这样做……

7

裕川介蹲在集装箱办公室旁边的草坪上，正对着看不清楚名堂的雕塑，像座城堡，也像座山丘。他的腿实在太长，折叠起来就像是一只螳螂。

草坪中裸露出一小块沙地，细软的沙子也不是那么听话，稍微堆高一点，就立刻倒塌，这正好帮不善于艺术创作的神探解了围。

“没什么异常，都是普通在校大学生，互相都认识。”

叶警官跑到姐夫身旁，没有蹲下，怕弄皱这一身笔挺的警服。

“每个人的背景信息，按照我曾经教你的方法，做个分析吧。”

裕川介嘴里嘟囔着却不肯抬头，声音也有点含糊，叶警官顿时发觉，姐夫又掉下巴啦！

忍不住想笑，又怕他恼羞成怒，女警官连声说“好”，并建议，“已经上岛两个多小时，现在，该和嫌疑人直接聊聊了吧？”

裕川介这次点头，却指指下巴，这副模样，怎么聊呀？

小姨子终于笑喷出来！

牧慎知道要面对警察的询问，暗自深呼吸，拳头也握紧，却正好被双手按摩脸颊两侧咬肌的介督察看到，法医刚帮他做颌骨复位。

“吃早饭了没？”警察的开场白，唠家常式。

“吃了。”

“不吃早饭干什么都没力气。”

牧慎：“嗯。”

“你掉过下巴吗？”

莫名其妙的问题，牧慎却想得好认真：“掉过。”

“经常吗？”

“偶尔。”

“那你还是要注意。”胸牌写着“介”字的警察，一脸好意地望着“慎”先生，“一次掉下巴，终生不会好。”

牧慎感谢提醒。

“你喜欢站着。”此刻，两人谈话的地点，正是牧慎房间的露台，裕川介满脸是笑，“这里有沙发，为什么不坐下？”

“腰椎间盘突出症犯了，站着还舒服点。”

牧慎老实回答，还把衬衣掀开，露出膏药给警官看。

“我们俩同病相怜，你这相当于腰椎掉下巴。法医可以帮你看看，她偶尔也能给活人治病。”

“谢谢。”牧慎目不斜视，雾气茫茫，看不出几米远。裕川介索性也趴在栏杆上，目光与牧慎平行，两人就这样静静地注视大海。

“死者穿的牛仔服，是你的吧？”警官打破沉默。

“是的。”

“怎么在她身上？”

“我给她的，不，我是给双胞胎中另一位的。”

“糖小姐？”

“是她。”

一旁边听边记录的叶警官发觉，这两位大男人竟然一样的说话腔调，真别扭！

“和死者认识吗？有过交流吗？见过几次？”

“算一次，我和她的姐妹糖小姐说过几句话，她在旁边坐着，在小酒馆。嘉年华上也远远看到一次，还有戴眼镜的男人。”

“汝先生。”女警官忍不住打断漫长的直男尬聊。

“话说，这位汝先生很像招财猫。”话锋忽然一转，裕川介笑起来。

“您也发现他很像吗？！”牧慎也笑。

“还不是一般地像，越看越像！”

介督察话音刚落，叶警官赶紧咳嗽，对着姐夫挤眼睛。

“除了笔录的内容，昨晚还发现什么异常情况没？”裕川介好歹收敛笑容。

“有，身体一直在晃荡，像摇篮，又像在山路上。”

“是喝多了吧？”女警官小声嘀咕，表现出对男性癖好的不屑。

“不是！”牧慎斩钉截铁，“我的确喝了啤酒，但即便有酒精影响，依然能够保持一定程度的清醒。”

裕川介用下巴去勾鼻子，那表情说明在男性同胞遇到“攻击”时，他的情感立场。

“我也有几个问题。”

牧慎毫不拐弯。如果单听这位嫌疑人与警察的对话，旁人会错以为他们是朋友，“请告诉我，蜜小姐是谁杀的？她为什么，怎么会出现在我的房间？！”

叶警官有点愠怒，犯罪嫌疑人胆敢问这些问题，就公然表示自己不是凶手，对警察来说，真是赤裸裸的挑衅！

“都是好问题。”

裕川介竟然没有生气，用手指逗弄着露台上种植的浅紫色石斛兰，“等我找到答案，一定告诉你。”

这时法医走向督察，示意又有新发现，两个男人的对话，才暂告一段落。

“姐夫！”

四下没人，小姨子叶警官终于发飙，小声训斥起警界神探来，“这样嚣张的坏人，你还为他叫好，是不是早餐吃坏啦？！”

裕川介眯缝着眼睛，嚼着不知从哪里顺手牵羊得来的牛肉干，不躁也不恼，“因为他不是杀人凶手，凶手另有人在。”

“哦？”小姨子惊喜，“之前你说破解密室之谜，我以为吹牛，现在竟然连凶手都确认啦？”

姐夫哥儿点头，“虽然是谁还不知道，但可以确认，不是慎先生！”

“为什么呢？”

“你自己先想想。”

“又让我想？！”小姨子火气冲天，“大过年的，我跟着你跑来办案，就是希望近水楼台先得月，向神探好好学习，你却这也不告诉，那也不告诉！‘自己想’，我有你的水平早就去当神探，也不会只是个小文职！你这样摆臭架子，我给姐姐打电话，好好参你一本！”

搬出“姐姐”果然有效，裕川介顿时收拾表情，严肃起来：

“不是不告诉你，我本来就不喜欢在办案过程中被打断思路，是你偏要问来问去！我一股脑告诉你，还有什么乐趣，你又能学到什么？我们同时到达案发现场，获得的信息基本一样多，你为什么就不能动脑筋思考？猜猜也行，就等着听答案！”

这顿劈头盖脸，叶警官的眼睛红了。裕川介无计可施，看她准备抹眼泪，赶忙和颜悦色起来：

“大年初一哭啥，不吉利！你也是想学东西，怪我这个臭姐夫没当好，向你道歉！咱们就一起说说目前的案情吧。”

裕川介和噘着嘴的小姨子来到小酒吧，这里空无一人，餐台上的酒水、点心却还是那么丰富好客。丈母娘老来得女，生下这么个宝贝儿疙瘩，全家一直宠着，好在她很争气，当上警察。

神探又选了一大盘点心，小姨子端来一杯红茶，两人面对面坐着——

女尸案，所谓的“蜜小姐”，死在所谓的集装箱“密室”，房间“主人”坚称不是自己干的。

这就是基本案情。

法医认定的死因和我们看到的一致，死者系脑后钝物重击，失血过多而亡。

这个季节，我们的城市不冷不热，房间里没装空调，尸身没有被冷冻或加热，死者也没有感冒和急病，根据肝温判断的死亡时间，凌晨两点。

作为凶器的钝物，初步判断，类似金属的坚硬质地，外层有包裹，手握形状，容易发力。

死者从被砸到死亡没有再被移动过，血液在地板和墙壁上形成的斑痕一目了然。法证也确认，楼梯和房间其他区域没有血液反应。

也就是说，死者在没有挣扎的情况下，在慎先生房间的地板上被砸死！

我们按照一桩凶杀案形成的诸多关键因素来捋捋——

首先是凶手，F 岛“与世隔绝”，凶手肯定就在这些客人或工作人员中间！因为午夜之前，演员已经下岛，凌晨两点，拖船工人在海上忙着拖船，他们也无法上岛。

现在凶手在岛上。先不急着找出来，急也急不得，暂时先跳过。

然后是凶手的杀人动机。不知道谁是凶手，动机不能胡编乱造，也先跳过。

最后，回到受害人本身。

死者为什么会如此任人宰割，而不反抗呢？最大的可能性，她认识凶手，在 F 岛上，还有另一种可能。

酒精。

一登上 F 岛，我的鼻子就被酒精填满。路上，房间里，从工作人员到客人，甚至死者，嘴里和身上都有宿醉的气味。再看看小酒吧里琳琅满目的酒瓶子，这些酒别说给 100 个人喝，就是 1000 个人，怕也烂醉如泥！我的猜测也立刻得到法医的确认。

死者曾经主动或被动地饮下大剂量的酒精饮料，导致遇害时手无缚鸡之力。

嫌疑人慎先生，他也一样！从他的清醒程度，举止神态，特别是面部的憔悴衰老可以看得出，宿醉把他折磨得也差不多。洗手间的马桶边缘，还有呕吐物的残渣。法证已经查过，是他吐的。

“所以啊，这是酒醉杀人，凶手就是牧慎！他一定与死者有某种恩怨，叫死者来自己的房间，一言不合就将其砸死。醒来之后死活不承认，故意编出个‘密室’，想要混淆视听，瞒天过海！”叶警官打断督察。

“你说的这个可能性有，但不高。”

裕川介看看小姨子，她总算舍得动动脑筋，“凶器，凶器在哪儿？房间里根本没有可以作为凶器的合适物品，用瓷做的奥特曼吗？换句话说，要么就是牧慎专门跑出去把凶器扔掉，要么就是凶手自己把凶器带走。”

“凶器不在房间就在户外，我们不赶快去找找吗？！”

“我不打算费这个力气。没有摄像头的小岛，虽然人不能进出，岛的四周都有连接监控室的织网，但处理掉一个凶器还是很简单！扔进海里，神不知鬼不觉。埋进沙坑，一下子难以找到。或者放回原地，回头再处理，也没毛病。”

“你也承认，牧慎还是可以跑出去扔掉凶器。”叶警官不服气。

“你咬定凶手是牧慎，我就来排除他的所有可能性！”裕川介挽起袖子，准备舌战小姨子：

可能性一，牧慎冲动杀人，把蜜小姐叫进房间，两人一言不合，杀了她。

杀人后，颠颠地跑出去扔凶器，那为什么不趁着四下无人，把尸体运出去？这些集装箱建筑，每间都有单独的楼梯隐秘地通向地面，尸体弄出去，起码自己的杀人嫌疑大大缩小。

可能性二，牧慎早就想杀蜜小姐，并提前把凶器准备好。

换位思考，在没有监控的小岛上，大家喝酒狂欢，为什么偏要在自己房间杀人，这不是愚蠢的选择吗？！果岭和灌木丛明显更好，甚至蜜小姐的房间。

叶警官马上举手喊停，大声反驳：

牧慎就不应该搬尸！蜜小姐流那么多血，搬运时弄得到处都是，警方查证，一下子就把他揪出来了。

他还有腰椎间盘突出症，也许扛不动尸体，只能将计就计，假装“密室”。

双胞胎姐妹形影不离，只有单独约蜜小姐来自己的房间，才好下手！

“精彩！”裕川介给小姨子鼓起掌来，“不过，牧慎不是凶手，这是铁定的！”

“凭什么？说出理由！”小姨子杀红了眼。

“现在还不行，晚点告诉你。”

“你不是看他长得挺帅，想包庇他吧！”小姨子冷笑，“口味变了？”

介督察苦笑不已，孩子啊，你从小就满嘴跑火车！我有非常充分的证据，但也有几个疑问。等它们逐一解开，就会彻底水落石出！

最后，我们就先认定牧慎没杀人，说说“密室”。

这看起来很玄，我却一眼就看透其中奥妙——集装箱，密室！我的天，简单的送分题，我怕是能想出一百种答案！

更何况，发生命案的集装箱在最高一层，顶端没有遮挡，还能看到天空，简直太简单啦！

我给你“比如”几下，让你开开脑洞：

A. 做“门”的文章，把房间或露台装上“双开门”。听说过没，就是两边都能打开的门，其中一侧装上门把手，另一侧装上合页，让使用者产生“先入为主”的错觉，以为这扇门只有一种打开方式。

这种门有隐藏机关，只要按下去，合页立刻弹开，锁成为转轴，门就可以从另一侧打开。“双开门”黑市有卖，有些小旅店买来，专门半夜偷客人东西。

B. 做“屋顶”的文章，没有遮挡的集装箱，提前设置机关，可以从顶端打开，还能再合上——

这个手法需要消防梯子或塔吊帮助。我在岛上转悠，看到工作人员站在底端加固的伸缩人字梯上，清理挂在树梢上的彩灯。

这种梯子最大高度 15 米，3 层普通集装箱 40 尺柜大约 7 米高，算上挑高层和隔音层也不超过 10 米，可以轻松到达屋顶。

C. 做“墙壁”的文章，某块铁皮能打开，人能通过，方式和屋顶类似。

D. 做“地板”的文章，地板做成“抽屉”状，扯出来，杀人之后，推进去……

补充一句，任何一种“搬尸”方法，在前面分析过，都不可行。凶手只能搬运醉酒的蜜小姐，这时候她还没死。否则，墙壁和地板上不会有符合喷射路径的血液反应……

“STOP！ STOP！”

小姨子连声叫停，“姐夫，您开始说的机关，我听着还像回事，怎么越来越跑偏！这些方法的实现，都需要对整个小岛的基础设施非常熟悉，甚至凶手就要参与小岛的建设，才有机会做手脚。”

“对呀！”

裕川介微喜，“看来，你终于明白我的意思。问题的关键，并不是密室杀人手法，而是什么人，才能做到。如果真是密室，能做到的人，可能就是真凶！”

叶警官恍然大悟，对姐夫心服口服。

裕川介的双脚轻轻踩在草坪上，好像那里有一群容易受伤的孩子。他眺望远方，若有所思：

其实，我一直担心的就不是眼前这起案件，我相信很快就能破解。让我困惑的，是这个小岛的秘密！

恐怖的密室，并不是牧慎的房间，而是这块举办过新年嘉年华的陆地。

恐怖的角色，也不是这个患有腰椎间盘突出症的男人，而是那位神秘的岛主。

我有种强烈的预感，眼前的一切只是开始！更恐怖的案件，还在凶手的计划中！

真正寒光凛冽的匕首，正藏在被团雾笼罩的这座浮岛上吧……

第二章　密室杀人·初一

1

日上三竿，雾气逐渐散尽，晴空万里，大海和天空显现出孪生子般相同的色彩，但还没有人傻到分不清两者。毕竟海就是海，天就是天。

手机和网络信号恢复，据说是介督察“修”好的——他在岛上四处溜达，最后在主控室的角落，拔下一个插头，再插上另一个。

网络立马恢复，大家也满血复活。

船务公司老板的手机却一直关机，工人说他出国旅行，正在国际航班上。警方想办法联系他，但照眼前情形估计，拖船大年初二也没影儿。

小鸟直升机也来不了，拟支援的警员原地待命——虽然海上天气转好，岸上却下起大雨，伴着雷电大风，“小鸟”变成水鸭子。

裕川介指示，暂时不要增援，等他的命令行事。

雨势稍小，警方还是派出直升机，肉经理带着一群工作人员站在小广场上看热闹，沙子和灰尘飞起几米高。在上空盘旋两周之后，降落无果，直升机返航。

至此，没人“打扰”的F岛沿着洋流，在辅助前进动力下，慢悠悠地，还带着一点闲适的惬意，继续往深海里开。

既然前方已经没有路，走到哪里都不算错。

别说，还真是心宽天地远！

裕川介用左手食指拼命刷手机，带着强迫症患者特有的，没来由的烦躁。

先把聊天软件里标记“未读”的红点统统点开，再从顶刷到尾，从尾刷到顶。这样反复几遍，发现实在没任何看头之后，才负气般把没有保护套的手机丢到一边。

叶警官在电脑上忙活，偶尔抬头瞧自家姐夫，不知用什么词语形容他才贴切。

神探，就是有点神经质的侦探吧！

“来人啊！有人死了！！！”

突然，厉声呼叫划破小岛上空，清晰地传到人们的耳膜。裕川介仿佛就在苦等这声“号令”，从沙发上跳起来，和整个早上的状态判若两人。

“现在是上午 9：38！”

督察边跑边看手表，大声报时，女助手紧随其后，脚步也毫不拖沓。

循声出门，远远地看到肉经理带着几位保安模样的工作人员，朝黄色区域的集装箱奔去。

又是集装箱，这次是有透明地板的第一层。

一个男人歪着身子，仰卧在沙发上，右手手臂垂在地板上，指端有一大摊血。透明地板下种满叶片硕大的龟背竹和修剪掉树冠的海桐，死者的血液被生机勃勃的植物映衬，看起来殷红新鲜，好像还有一丝生命力。

可惜，这是错觉。

不需要法医验证，从睁大的眼睛、放大的瞳孔就可以判断，他已经死去，并且“死透”。胸部和颈部都有明显伤口，血流不止。地板上到处都是血渍，可惜的是，又和诸多杂乱的足迹混在一起。

现场同样没有打斗迹象。这男人衣着整齐，一套蓝白条纹的休闲便服，脚上是房间提供的红色拖鞋，硕大的金线刺绣的“新年嘉年华”字样，成为全身的焦点。胸口挂着牌子，明晃晃的一个大字：汝。

呼叫的女人，众人一眼认出，是夕小姐！她正蹲在汝先生房门口的地板上，双手紧紧抱住自己的头……

例行询问马上开始，首先是夕小姐，裕川介亲自出马，叶警官做记录。

现年 45 岁，身材却始终保持 25 岁状态的介督察，给发现尸体之后一直惊魂不定的女客人递上一枚浅黄色的马卡龙，自己掏出一枚浅蓝色的丢进嘴里。

小姨子暗自做个擦汗的姿势——

别怪他，我们也不清楚他从哪里变出来的吃食。刚才一路从房间狂奔过来，也没见他拐弯去餐厅或酒吧。这种病叫作神经性贪食症，得这种病的人啊，就像一块专吸食物的磁铁。

“我之前并不认识汝先生，今天早上追问肉经理什么时候回陆地，才第一次注意到他。”

夕小姐用手揉捏着来路不明的马卡龙，正常人这时候不应该有胃口。

“注意？”

“是的。”这女人竟有一丝羞涩，“虽然那是凶案现场，还躺着尸体，但我们的眼神不经意之间触碰，瞬间发觉，挺有火花的……”

神探表示理解，“人类的情感极其复杂，不完全受主观意愿控制，请继续讲。”

“那一刻，我退出来，发现他也在看我。我便没走远，一直站在集装箱建筑下面，等了快 10 分钟，才看到他和双胞胎里还活着的一起出来。那女人在哭，汝先生停下来抱住她……”

夕小姐叹气，眼角出现几条皱纹，“不瞒您说，空欢喜一场，我很失落，便回到自己的房间。”

女助手对着记录本偷偷一笑，右手还在刷刷地记录。裕川介听得津津有味，却迟迟没有再发问，夕小姐忍不住主动问道：

“您为什么不问，我怎么会出现在他的房间？”

“说来听听。”

女客人瞧着这位怪怪的警察，心里胡乱嘀咕，嘴里还得继续说下去：

“回到房间，我心里很烦，发现大雾更浓，现在确实走不了。早餐过后，准备洗洗昨晚换下来的内衣，忽然听到有细微的声音，像是敲门声。岛上现在死了人，肉经理提醒要注意保护自己，这样的敲门声确实把我吓一跳，赶快大声问，谁？！”

“是谁呢？”

“没人回答。”女客人抚摸挂着胸牌的胸口，好像在自我安慰，“我告诉自己，别怕！便来到门口，把耳朵贴在房门上，想仔细听听外面的声音，结果——”

“结果什么？”

“还是很安静，再没一丝声音。”

夕小姐的眉头随着讲述稍微舒缓了一秒，又拧在一起，“但是马上，一声明显是使劲用拳头砸门的声音，差点把我的耳膜震裂！”

叶警官被女客人“过山车”般的讲话方式弄得哭笑不得，这才发觉她的真实年龄应该有四十岁，只是打扮显年轻。

“然后呢？”

“我蹲在地上，也不知道过去多久，才呼叫总台，请求派工作人员过来，帮我看看门外的情况。薇小姐很快敲门，还带来一样东西。”

“是什么？”

“一张纸，说是有人贴在我的门上。”夕小姐停顿片刻，冷汗立刻冒出来，嘴唇有些发抖，“看完这张纸上的内容，我简直魂飞魄散！实在太可怕啦，我快被当场吓死！”

“纸在哪儿？”

“我撕了，确实太害怕……”

“纸上写了什么？”

夕小姐四周看看，好像危险还在身旁，直到确认自己安全，才一字一顿地说道：“下，一，个，就，是，你！”

夕小姐完全入戏，沉醉在自我的世界，裕川介却像尊呆坐的菩萨，让人误以为他是个无情无义的角色。直到一记沉闷的嗝声，众人才看到督察的脸活络起来。

原来，只是吃多了而已。

“的确很可怕，虽然我们还没聊到为什么你会出现在汝先生的房里。我想先请问，从昨天登上F岛，你是否遇见什么熟人，或发现什么怪事？”

裕川介重新进入工作状态。夕小姐翻着三白眼，思考几秒，“好像没有”。

“那你为什么一个人来参加新年嘉年华？为什么不和家人一起过年？”

这个问题夕小姐早有答案，立刻对答如流：

“父母去世较早，我离异状态，儿子在上大学，本来新年我们会一起过，学校却有安排，留下他守实验室，承诺明年给他一笔奖学金，就这样，我打了单儿。”

“其他亲人呢？”

“老家在外地，这边没什么亲戚，我也懒得为八竿子打不到的人专门去凑春运的热闹。”

“你有男朋友吗？”叶警官突然问。

“刚结束一段感情……”

“儿子为了明年的一笔奖学金，甘愿留在学校守实验室，这证明你家的经济不算富裕，当然看你的衣着打扮，也不算穷。但嘉年华的费用远高于奖学金，你是怎么算账的？”

裕川介的财务问题直切要害，夕小姐有一丝犹疑，但马上就径直回答：“其实，我是想来相亲的。”

“相亲？！”

“对，按照广告所说，这个嘉年华的参与者都是富二代和有钱老板，大家的主要目的是相亲，我这才一咬牙来参加。”

“哪儿的广告？”

“手机上，我经常登录的搜索引擎推送的。”

“这个广告出现了多久？”

“前后差不多两周，我不知道怎么打发一个人的新年，恰好就看到。”

裕川介请女客人现场展示一下，夕小姐顺从地拿出手机，拨弄半天，才歉意地摇摇头。

“不知怎么，现在找不到。可能因为嘉年华的报名已结束，没必要再出广告费。”

“有这个可能。”裕川介波澜不惊，只是又吃掉一块巧克力，“先不管广告，你为什么到死者房间？”

“嘉年华的薇小姐把门上的纸条给我之后，说汝先生叫她传话，请我立刻过去。”

“薇小姐？”

“是她，汝先生的房间号码也是她告诉我的。”

“你来到死者房间，看见什么？”

“我先敲门，半天没人开。正好是一楼，我就转到露台，门也是锁的。我只好趴窗子往里面看，只见汝先生躺在沙发上，到处都是血……”

“门是怎么回事，不是锁着吗，谁打开的？”

“是肉经理他们……”

裕川介和叶警官转头问话 F 岛工作人员，肉经理带着几位制服男，还在小声议论，直到被警官打断：

“你们聊什么？”

“我们在说，岛上有鬼！”一位保安抢先回答。

“别乱讲！”

肉经理训斥下属，“我们听到叫声，就赶快跑过来。我用万用钥匙开门，却发现房门在里面用链条锁挂住。事发紧急，救人要紧，就几个人合力把链条撞断，把门打开。”

工作人员频频点头，“就是这么回事儿，可把我们吓坏啦！”

叶警官查看门框，链条锁果然被整个扯下来，再看露台的门，从里面锁住，也挂上链条锁。

“那么，也就是说——”女助手看看上司，苦笑道，“这里，又是一间密室啊！”

2

岛上接连发生两桩命案，再也不能对客人隐瞒。

阴霾压顶，危机四伏，经验老到的肉经理决定“先下手为强”！

在自己的办公室被粗门大嗓，吵闹着要立刻回家的客人团团围住之前，先带着手下逐一敲开他们的房门，尽量解释和安抚。

肉经理满头大汗，在“乐高小镇”的彩色集装箱建筑群跑上跑下之际，叶警官请来“男尸案”的一位相关人，薇小姐。

据夕小姐的陈述，薇小姐很有可能是最后见到汝先生的人，也许，她就掌握着某些决定破案的关键线索！

年轻的薇小姐，脸蛋儿涨得通红，坐在警察们的面前，双手不停揉搓丝袜内侧，那小表情就像遭受了多大的委屈。

这姑娘其实哪里都好，就是上半身比例失调。

“有些事情找你核实一下。”女助手语气温和。

女大学生点头，眼泪随即掉下来。

“你没事吧？”

叶警官拿来纸巾盒。薇小姐扯一张，捂着嘴抽泣半天，硬挤出一个笑容。

“能说说你的个人情况吗？”

“好的，但我不是已经提供了学校信息和辅导老师的电话吗？”

“对，我们查过，你的身份没问题。不过汝先生死亡事件，你似乎扮演了某种角色，介意我问几个问题吗？”

“你问吧。”

女大学生用纸巾把脸上和下巴的泪水都吸干，双手交叠，把鼻子和嘴遮住。

“夕小姐通过对讲机呼唤总台，怀疑门口有奇怪声音时，你看到什么？”

薇小姐一板一眼地说：“我当时正和肉经理、几位主管在总控室开会，内容就是加强岛上服务和安全保卫，这时听到了接线员汇报。我曾经是接待处的，岛上每位客人基本都与我打过交道，肉经理就让我过去看看。”

“你目前在岛上的工作内容是什么？”

裕川介适当插话，这轮询问的主角是叶警官。哭哭啼啼的女大学生，交给和她年龄相仿的女警比较好。

“之前是接待员，刚讲过。因为我和客人熟悉，嘉年华开始后，我就担任肉经理的助理，协助处理岛上各种事务。”

“你的其他同学呢？”

“做什么的都有，不过基本都是打杂。岛上的工作人员，其实分别属于几家服务外包公司，保洁、保安、餐饮和活动执行等，由肉经理统筹管理。”

“你是怎么找到这份兼职的？”

“学校食堂楼下招聘栏里的海报，我刚经过，就被一位男士拦下。对，就是肉经理。他说我的外形条件很好，这份兼职待遇不错，欢迎我来试试。得到这份工作也不太容易，报名的有上百人，最后只选出五位，我是笔试和面试排名第一。”

“招聘的考官是谁？”

“当然是肉经理，还有几个人，好像是服务外包公司的头头。”

“汝先生是如何通过你告知夕小姐，他请她到房间里去呢？”

“我在夕小姐的楼下碰到汝先生，他像是在散步，又像在等人，知道我去找夕小姐很高兴，打算和我一道去。但刚走几步，就看到糖小姐——哦，蜜小姐已经去世，这位应该是糖，拦住他。汝先生的脸色立刻阴沉，两人开始吵架，汝先生就小声告诉我，请夕小姐等下到房间找他。”

“他们吵什么？”

“细节我没听清，但糖小姐说，‘现在你满意啦’，蜜小姐已死，警察找她问话。”

“汝先生怎么回答？”

“他说：‘谁能想到这个结果，我也不是算命的……’”

“到了夕小姐房间，你看到纸条放在哪儿？”

“折成一个小方块，夹在门缝里。我扯出来，敲门之后就交给夕小姐。谁知道她看过纸条脸色大变，把纸条撕掉扔进马桶，还哗哗冲水！我问她怎么了，她不肯说。我又转告她，汝先生请她去房间，这才发现她的脸色好一些。”

“接下来，你又做了什么？”

“我赶回总控室，继续开会。”

“岛上，有你的老熟人吗？”裕川介突然发问。

“除了大学同学，没有啦，都是这次嘉年华才认识的。”薇小姐回答很干脆。

“确定没有？”

“没有。”

裕川介点点头，“打扰你了，整理一下心情，可以先去忙了。”

女大学生走后，裕川介陷入沉思，围着集装箱房间天花板上的吊灯原地打转，直到便携式打印机刷刷地吐出几张纸来。

“所以，果然和姐夫您预见的一样……”

叶警官合上电脑屏幕，每次谈论工作，小姨子都会自动变换称谓，改用敬称。

“说说呗，看文字我眼睛花。”

留着一头精剪短发的叶警官直起腰板，此刻面对的不是姐夫，而是上司兼师傅，应该认真露一手——

按照您之前教我的方法，围绕与杀人动机有关的三个“关键词”，我调查了 F 岛上每位客人、工作人员的相关情况。当然，我利用的是警务大数据库和互联网上庞大的信息源。

说句题外话，现在想要有点见不得人的秘密，真的很难。

比如，我们整天带着身上的“间谍”，手机时刻记录我们的路径和行踪。刷卡付款、开房记录暴露出更多生活的细节和隐私。人际关系在社交软件里一览无余，监控摄像头无处不在……

照这样下去，神探很快就要失业啦！

还多亏F岛上没有监控，不然啊，估计也没有您这位英雄的用武之地！

回到正题吧，关键词一，“交集”，交集就是人与人之间的关联。交集又分为直接交集和间接交集。

直接交集，很直接，很“硬件”。比如血缘关系、姻亲关系、亲友关系等，主要指父母、夫妻、孩子，以及同学、室友、情人等特定关系。这些信息，有的在户籍数据库中有，有的要靠互联网上的蛛丝马迹得知。

还有出生地，包括出生医院，接生医生姓名。小学、初中、高中和大学，曾经工作的机构名称，以及登记在户籍数据库中的其他信息，像居住的社区等。

间接交集，则从“软件”着手。比如爱好，所属的体育俱乐部，哪支球队的球迷，哪位明星的粉丝。还有病症，是否患有某种特定疾病，在某家医院做过手术，主治医生是哪位。

我们要通过这些交集，找出凶手与嫌疑人可能的隐藏关系！

关键词二，“特殊”，特殊是指某人是否有特定的、特殊的经历。

比如，他曾经是某案件的受害者，或他的直系亲属是受害人，他是否曾经被指控某种罪名，但他最终洗脱嫌疑。甚至有没有伪造证件，虚构身份，照片作假等。

这些是“极端特殊”的情况，还有一些“普通特殊”，我们称之为“不对劲儿”。

最常见的就是个人经历中有段留白，或者刻意隐藏某件事物及经历。

还有整容，特别是男士，我们会格外关注。

这些特殊方面，对于圈定嫌疑人极有帮助，但又可遇不可求。

关键词三，“主角”，是指在明确嫌疑人和受害人身份之后，围绕这些主要人物的信息，所做的重点比对。

此案中，慎先生、蜜小姐、糖小姐，毫无疑问就是“主角”。以他们的信息作为比对源，得出的结论，会比盲目寻找更有价值！

这三个关键词有点抽象，但绝对不难理解！

100 多位客人和工作人员，按理说需要花大量时间，但多亏姐夫您让我利用自己的专业，业余时间开发“嫌疑人比对信息”软件，只要把每个人的身份信息输入即可。

裕川介十分满意，忍不住打个响指，“请说你的结论！”

叶警官难掩得意，小脸蛋红扑扑的——

遵命，长官！

针对关键词一，“交集”，可是收获巨大啊！

我找出 500 多组直接交集和间接交集！只要有足够的信息支撑，再加上一点细心和耐心，就会发现人与人之间的关联竟然如此微妙：

比如，一位客人的叔叔续弦，娶了另一位客人堂姐女儿的同学。有两位客人从小到大总是同校不同班，他们的媳妇儿由同一位产科医生接生，如今两家孩子又在同一班。

还有三位客人都是本地足球队的狂热支持者，他们曾经在网上与客队球迷展开激烈的骂战——

我举他们的例子，您就能猜到，对，还有两位客队球迷也在岛上，他们也曾参加这场著名的网络大战！不过看来，这些人彼此都不知道对方的真实身份，所以还能和睦相处。

F 岛上绝大多数客人和工作人员都是本地人，这样的交集多如牛毛，简直比发现新大陆还有趣！

更令人激动的是，我甚至还找到一对疑似失散的父子关系！！！

——某位客人和某位工作人员！回到岸上我会建议他们重新做亲子鉴定，为了不造成困扰，现在先不告诉他们这个好消息。

再说关键词二，“特殊”。我的天，不查不知道，人类的秘密实在太多啦：

汝先生整过屁股，一位矮胖男士为自己的臀部做美容，难以想象吧？！

夕小姐被职业爱情骗子刚骗走 200 万，对方正在被通缉。

还有两位客人，明显持伪造的身份材料，稍晚我会和他们“谈谈”，看他们在搞什么名堂！

最重要的是关键词三，我们还有几位“主角”。

这些主角闪亮登场之后，信息量实在太大，所以我求助了“外援”……

总而言之，我怀疑，“这个人”就是 F 岛的神秘岛主，并且可能性巨大！

叶警官指着某个名字展示给裕川介，与此同时，满脸笑容的肉经理带着一位看起来病恹恹的女士出现在集装箱办公室门前，轻声敲着敞开的门。

“晚点再说。”

裕川介接过来那几张纸，揣进怀里。

3

受害者是男人，总少不了哭哭啼啼的女人，这是人之常情。送走两位，现在轮到第三位。

“糖小姐，好点没？”

坐在椅子上的裕川介亲切地俯下身，靠近眼睛红肿，不停吸着鼻子的受害人家属，双胞胎姐妹之一，她同时也是第二起案件受害人汝先生的同行伙伴。忽略胸部尺寸，从这个角度看，这姑娘和薇小姐长得神似。

三人上岛，只剩一人，真够令人同情！

“嗯。”沙发上的网红糖小姐用纸巾吸吸眼泪，折成一个卷，用手心握着。

“本不应该现在打扰您，但为了破案，只能麻烦您再过来一趟。”

糖小姐善解人意地摇摇头，“没关系。”

“新年嘉年华是给这些很孤独，没有亲人一起过新年的人举办的，您有自己的双胞胎姐妹，还有朋友，你们三位为什么会来到这里？”

又是叶警官提问，她和姐夫已经形成默契，只要是询问女士，就以她为主。介督察也没办法，媳妇儿派来一位贴身间谍，连办案都要注意避嫌！神探暗自决定，就算下次她闹着要上吊，也不能再把小姨子带到案发现场。

“是汝先生邀请我们，他的生意伙伴赞助了三个名额。”

糖小姐直视女警官，声音慢慢恢复正常，吐字很清晰，是一副受过训练的好嗓子。

“那这个岛上，你们之前认识谁？”

“我们只认识汝先生，是一起来的。”

“汝先生有没有说，他遇见什么熟人？”

受害人的姐妹和同伴，低头沉默片刻，坚定地回答“没有。”

“蜜小姐的尸体被发现时，穿着慎先生的外套，这是怎么回事？”叶警官握住拳头，原子笔攥在手心。

糖小姐不能隐瞒，这种细节一查便知，于是径直回答：

昨天下午在咖啡厅遇见慎先生，虽然是我去搭话，却是蜜对他的牛仔服感兴趣。没聊几句，汝先生就喊我们去打高尔夫。运动过后出很多汗，就各自回房洗澡换衣服，准备晚上的嘉年华。

我裹着浴巾刚出浴室，蜜就兴冲冲来敲门。

她拿着那件牛仔服，在我的房间换上，又在镜子前照来照去。原来，蜜是假扮我，去找那个可恶的慎先生——他当然分不清我们彼此。

在我看来，这件牛仔服也没那么好，臭男人刚穿过，一身老汗味，打死我也不会穿上！但蜜却兴趣盎然，我便调侃她，她看上的也许不是衣服，而是人。

可能被我说中，蜜只是笑着。

谁知道，嘉年华结束我们各自回房睡觉，凌晨却发生这么恐怖的事情，蜜她……

说到这里，糖小姐开始号啕大哭。

“最后一个问题。”叶警官见这情景于心不忍，但还是要追问，“亲友先后遇害，您还有什么线索想告诉我们？”

“没有啦，实在没有啦！”女客人的情绪又开始失控，就势躺在沙发里，肉经理赶忙扶住她的肩膀，“我想躺一会儿行吗，就让我静静吧……”

糖小姐离开，集装箱房间陡然安静下来。

女助手把椅子挪挪，用半讨好的表情对着神探裕川介，语气却带着几分得意，“姐夫，之前你说过有一百种方法制造集装箱密室，我也想到几个。”

“不错，舍得动脑筋，将来得老年痴呆的概率会显著下降。”

叶警官撇嘴，就是没好话，还说我“满嘴跑火车”，且看我“放大招”：

方法一，凶手带着酒醉的蜜小姐，在慎先生回房间之前，提前躲进露台。

这时房间没有挂链条锁，用万能钥匙就能打开，而嘉年华这么多工作人员，万能钥匙起码有 10 把，偷走其中一把并不难，或者这个凶手本人就是有万能钥匙的。

等慎先生睡着，凶手把蜜小姐拖出来，在地板上把她杀害，再把露台的门挂上链条锁，扬长而去。

“杀完蜜小姐，扬长而去，他又怎样在外面反锁房门？挂链条锁这个动作只能发生在室内。”裕川介笑道。

“别急，我还有方法二！凶手提前躲进慎先生的房间，慎先生反锁门，他再打开，虚掩着门，把酒醉的蜜小姐扛来，杀完，再溜之大吉。”

裕川介翻白眼，“孩子，方法二和一差不多，我只能说你确实动了一点脑筋，但这一点等于没有，凶手还是不能从外面挂上链条锁呀！”

“方法三，凶手不管用方法一还是方法二，他并不急着逃出去，而是等慎先生叫来众人和警察，再趁乱溜出去，比如藏在衣柜、床底下。”

“很老套！如果慎先生发现尸体立刻检查房间，不正好瓮中捉鳖？事实上，这个集装箱房间的设计，没有大柜子，床腿很高，人是藏不住的，一眼就会被发现。”

“藏到窗帘后面呢？”

“藏到哪儿都会被发现，你只需要回答我，门怎么在外面反锁？！”

“这也不行，那也不行！”

叶警官把记录本一摔，“姐夫，别仗着你是神探就欺负人，我还有方法四！”

“您请。”裕川介做出“放马过来”的手势。

“方法四，你能用技术流，我也能用，挖门别窗的套路我的凶手也会！他使用大型起吊设备，把慎先生的集装箱整个吊起来。他的房间不是集装箱组合的吗？吊起其中一个，凶手把蜜小姐扔进去，自己也跳进去。杀人之后再爬出来，把集装箱拼接起来，这不就行啦！”

“虽然你是胡说八道，但只有这个方法还算合理。小岛需要拖船从岸上拖到海里，拖船可以携带大型起吊设备，杀人之后运回去，的确神不知鬼不觉。不过问题还是一箩筐，这些集装箱只能拼接不能焊接，否则两个集装箱成为一体，就不能分别吊起来。牧慎先生也得睡得跟死人一样，否则他就会被巨大的噪音吵醒……”

“所以呀！”

小姨子得意起来：姐夫，你以为我是在卖弄想到的方法吗？错啦！我白痴啊，我不知道这些方法有漏洞吗，我是在讽刺你之前的那些方法，统统都是不可行的！

你还是神探呢，真是不忍直视。

F 岛上的集装箱客房，都是经过焊接成为一体的，外部还有轻钢龙骨固定。不然在海上起点风浪就散架啦！

法证小哥哥已经认真检查过，门就是普通的门，没有你说的两边开启的机关，窗子也没有，屋顶、地板和墙壁都是焊接得严严实实的集装箱铁皮，没有任何能打开的机关。

F 岛上的集装箱密室，是不可能存在的！

“你的结论是？”裕川介似笑非笑。

“慎先生就是真正的凶手，故意牵着我们的鼻子，戏弄我们！”

“那汝先生呢？刚去世的这位，自己死在集装箱内，没有嫌疑人在旁边，他的房间在一楼，你的大型起吊设备怎么操作？而且这是上午，拖船队已经回到岸上，我们都在岛上，也没听到机器的声音。打开地板？灌木丛却完好无损。你说凶手是谁，难道真的是鬼？”

叶警官这下子偃旗息鼓。她忘记了眼前又一桩几乎相同手法的犯罪。

“姐夫，为什么你不问问夕小姐，有什么人要杀她？她和谁结过仇？”

“没有必要。一个人伤害别人，十之八九不自知。而且，也不是每个杀机，都坦然写在脸上。”

“好可怕，那我们究竟该怎样找到凶手？”

“我们要找的不是凶手，而是线索。这些线索最终将勾勒出凶手的模样。”

“姐夫，你说凭我这种智商，能找到线索并最终抓到凶手吗？”

介督察窝进沙发，把脚从皮鞋里解放出来，望着初出茅庐的小姨子：

“即使最愚蠢的人，一生之中也总有几次，能洞察人心。”

4

轰轰轰！

直升机又来了，肉经理懒得出去招呼，与厨师在厨房忙活着。几位年轻的工作人员去看热闹，回来时，每人抱着两捆救生衣。

“还有充气救生艇，拿不动，在广场上。”

垂眼角的男保安气喘吁吁，这孩子平时疏于锻炼，起伏的胸口有金色丝线，一个单字“啸”。

“这是谁安排的？”肉经理惊呼。

“我。”

裕川介踱进厨房，满意地看看救生衣，指挥工作人员，“快，把它们都搬回仓库，给我放好咯！”

“岛上有足够的救生衣和救生艇，您这是干什么？”肉经理诧异。

“是吗，在哪？”

“就在仓库呀！”

肉经理大踏步带着警官往外走，边走边介绍：“咱们这是浮岛，上百号人在海上漂着，没有救生设备怎么行，我们早都准备好……”

仓库就在蓝色区域，肉经理熟门熟路，直奔门口旁边的一个木架子，顿时傻了眼。

空空如也。

“上岛后，我到处溜达，发现这个岛有很多有趣之处，其中一个就是，没有救生设备。”裕川介慢条斯理，在仓库里摸摸这个，抠抠那个。

“不对呀！我们采购了足够的救生设备，妥善地放在仓库，如有危险，随时可以拿出来，而且今天还会分发到各个房间……”

“看来，这是个重大而又致命的失误。”裕川介摸摸下巴，他并没有胡子。

“会不会有什么人，希望大家都死在这里呀？”叶警官故作夸张。

“应该没这么恐怖吧……”

肉经理垂下头，裕川介把手顺势搭在他的肩头。一上午的交流，两人熟络得像朋友，毕竟肉经理一直耐心地帮助警方破案。肉经理抬起胳臂，也想搭住警察的肩膀，又不自然地放下。

“还有一个问题。”裕川介停住脚步，“嘉年华，如何收费？”

肉经理用本地货币报出价格，“5万。”

"这就奇怪啦，F 岛造价这么高，请来这么多工作人员，提供如此丰盛的餐食，却只有这么少的客人入住，明显是一笔亏本买卖。"

"您为什么这样讲？"

"我给你算算，其实你作为职业经理人，这笔账应该更清楚。F 岛在除夕至正月初七的全部成本，应该不少于 1000 万本地货币，这还不包括前期的各项投入，不少于 3000 万。每位客人的收费是 5 万本地货币，81 位是 405 万。F 岛看来并没有其他收入来源。问题来了，什么样的老板，会做明显这么亏本的买卖？！"

肉经理胸有成竹，马上就提出不同观点：

的确，新年嘉年华看起来是个亏损的项目，我从第一天起就得出这个结论，但警察先生您想想——

新年嘉年华举办的目的是什么？

是给没有亲人的人，一种新年的慰藉！

换句话，这可能是个慈善项目，虽然收费比较高，但出发点是善意的。所以我推断，嘉年华老板本人曾经遭受过类似的情感打击，比如他是孤儿，多年来一直独自过新年，现在有很多钱，愿意帮助其他有类似遭遇的人，所以不计代价，亏本也认。

还有一点，您算出的 4000 万本地货币，包含 F 岛的整个建造成本。

毕竟 F 岛不是只用一年呀，平时停泊在沙滩公园，还是可以当成特色酒店和高尔夫会所运营，明年又可以拖到海里看新年日出。按照固定资产折旧，不能将 F 岛的建造成本都算入第一年……

"每看一次海上日出，亏损 600 万。连年亏损的项目，商业价值在哪里？"介督察也是算账高手。

"我说过，可能是慈善项目，而且！而且……"

肉经理欲言又止，裕川介马上盯紧他的眼睛逼问："什么？"

"我知道，嘉年华老板已经秘密上岛！"

“哦？！”神秘的老板竟然在岛上，这可是个重大消息！

“老板是客人，还是工作人员？”

肉经理整个身体都在摇晃，配合自己的答案，“不知道。”

“老板亲口告诉你的？”

肉先生又晃晃精心修剪的斑白头发，“更不是。”

“那你怎么知道？”

裕川介实在腻歪成人之间玩这种“十万个为什么”的游戏。

“是一条聊天信息，昨晚发的。”

制服散发出洗涤剂微微清香的肉经理靠近督察，打开手机，点开图库。那是一张女人侧面照，她正站在吧台前面，手握高脚杯，眼神飘忽。

“这是老板发给我的唯一一张照片，可能是发错，他马上就撤回了。”肉先生把手机递给督察，“说来也奇怪，这个手机无法截图，聊天记录会自动删除，但图片还是可以存储，我就立刻收图，存在手机里。”

裕川介接过手机，再看这张照片，白衣灰裤蓝丝巾的女人，就是早上出现在牧慎门口的，也是汝先生尸体的第一发现人——

夕。

“今早你怎么没说？”裕川介再次退还手机，斜着眼睛看着肉经理。

“绝对没有故意隐瞒的意思，今早确实忙晕了，蜜小姐的死弄得人心惶惶，我到处‘救火’，像只八爪鱼，一下子没想起来。”

裕川介又拍拍肉经理的肩膀，不在意地笑笑。

回到厨房，肉经理还在皱着眉思考。裕川介却发现新吃食，把两块蒸熟的辣味香肠丢进嘴里。

“可能在开船之前，神秘岛主派人，或者就是神秘岛主本人，把这些救生设备给扔掉！毕竟开船之后再扔，就会触到织网，主控室就会发现。”

肉经理用力逼迫自己，总算找到一个答案。

“话说，您觉得神秘岛主是哪位，有头绪不？”

裕川介对香肠赞不绝口，眼睛在厨房寻摸，马上又发现软乎乎、黄灿灿的小米年糕，毫不客气，立刻吃起。

“我没有确切证据，能告诉您的，都毫无保留。但是，作为和岛主交流最多的人，我还是有点发现。”

“说来听听。”

“汝先生最可疑！此人一身名牌，经济实力应该很强。不过他表面斯文，骨子里却很骚气，带着一对美女上岛，却一直勾搭女客人！”肉经理气愤愤的，“我之前说过，怀疑岛主就是因为害怕寂寞才建造这个岛，召集大家陪他狂欢，这样看来，汝先生就是这个目的！”

“有理，可他死了，可能性减小，还有吗？”

裕川介意犹未尽，一语双关，叶警官感觉他是在指小米年糕。

“夕小姐也不太对劲，没有人说岛主不能是女的吧，如果是女人，可能就是她！岛主发来的唯一一张图片，不可能没有原因。而且牧慎先生也是被她灌酒才喝醉，成为嫌疑人。”

“挺有趣，还有呢？”

“其他人，也有不对劲的，不过嘛……”肉经理不情不愿地，“要说慎先生也有一点儿问题，从上岛起，他就和众人格格不入。大家欢声笑语，他就不太合群。而且蜜小姐死在他房间，虽然可能不是他杀的，但确实有嫌疑。”

“其他客人有什么情况吗？”

“还没发生大规模‘暴乱’，工作人员在拼命安抚。”

“岛上死了两个人，大家没什么异动吗？”

“总体来说大家素质都很高，没闹事儿。”

“这就好，只要人心安稳，咱们就可以专心破案啦！”

职业经理人见督察这般轻松的态度，顿时也露出几颗牙齿，重新拿出两块小米年糕，递给他。

裕川介把小酒吧里各种点心吃过一轮，终于乏味，实在也吃太多，肚皮该歇歇啦！不过，这就是位无论如何也吃不胖的男人，真让人羡慕嫉妒恨。

叶警官从笔记本电脑上抬头，见姐夫从洗手间出来，双手捧着下巴，正专心致志地用指甲拔着胡子。不由无奈地咧嘴，男人这种“动物”和他们的怪趣味啊，真是无法理解！

有人敲门，是垂眼角的小哥儿“啸”，手拿一个托盘。两只小巧的瓷碗，盖着金属的盖子。

“警官，这是内经理，还是叫肉经理吧，叫我送来给你们尝尝。”

吃食上门，裕川介又起身，接过碗，打开盖子，香味立刻扑鼻。

最上方金黄色的蛋饼，夹一块，咬一口，蓬松得简直像孩子吹的泡泡，不用嚼，就化了。点几颗盐粒儿，若有若无的，滋味刚好合适。

“要搅得死去活来，才有这个口感。”啸小哥儿比画着解释。

神探表示满意。

蛋饼下面是一些絮状细丝，裕川介夹起一大坨儿，径直放进嘴里——

哇！

旁人不用尝味道，单看他瞪得斗大的瞳孔，就是最好的评价。这样说吧，如果不是今早吃的美食太多，裕川介可能会蹦起来。

叶警官也拿起勺子，从上到下，蛋饼和细丝一起入口，忍不住发出惊呼：

“这，未免也太好吃啦！”

“是刚捕上来的海蟹，细细地拆开钳子里的蟹肉，用蟹油炒好。”

啸小哥儿继续介绍。

“蟹肉炒蛋、蒸蛋、煎蛋卷并不稀奇，但这个特别鲜，怎么回事？”

“刚捕的螃蟹，及祖传独门手法。”小哥儿还卖上了关子。

“是你做的吗？”

女食客继续在碗里挖，发现最下面还有薄薄一层丝苗米。细长的米粒粒分明，吸收蛋和螃蟹滴下来的油汁，不腻又极香，简直要人命啊！

“是的，今天是初一，晚上有这道菜。厨师在试做，我也做一份，肉经理觉得我这个更好吃，让我给警官送过来尝尝。”

“你不是厨师呀？”叶警官带点宠溺地看着眼前的小伙儿，想起过去的一上午已经见到他几次，“哦，你好像是保安。”

“也不完全是保安。我是来打临时工的，平时在码头上做事，岛上的活儿都是肉经理临时安排的。”

“你们有心啦。”裕川介盯着自己的空碗，突然想到什么，“对啦，这是在哪里捕的蟹？”

“我差点忘记！”啸小哥儿一拍脑袋，“肉经理说，吃完东西，要请几位警官去看捕鱼呢！”

5

F岛在海上，已经不是叉子的形状，连接沙滩公园的木栈道应该还留在原处，小岛这时更像一面没有旗杆的旗子。

正是风平浪静的冬季，如果反应迟钝，身在F岛上，几乎感觉不到颠簸。

天空蓝得透亮，四周也是蓝的海水，除非站在岛的边缘，亲眼看见浪花拍击气垫，会忘记自己正在海上移动。

假如忽略太阳的位置变化，时间仿佛也在这里静止——裕川介看看表，大声提醒女助手，现在已经是上午 11：45。

小啸在前面带路，裕川介在身后看他，20 岁出头的身子骨，除了眼角垂，肩膀也垂。柳条儿腰，没屁股，脖颈子还有点驼，向前伸着，整个人就像制服里立着的衣架。

现在的孩子多是这副模样，都是手机和游戏害的！估计在码头他做的也不是体力活，话说现在有几个孩子愿意做体力活呢？但这孩子的厨艺确实不错，一碗蟹腿蛋饭真是出神入化。

肉经理带着十几位客人正在小岛后方的边缘，有人站着，有人蹲着，有人光着膀子，还有几位工作人员扯住什么东西，大家都朝倒退的海水望去。

见警察过来，肉经理点头挥手，几位客人让出一条路，只见工作人员正在收网。

“我们在捕鱼。”

小啸边说边走上去，给伙伴们帮忙，马上有男客人也自然地加入。有位白头发的中年男人带头叫上号子，一众人“嘿呦”“嘿呦”地扯着长长的大网。

“这其实是娱乐项目，我们给客人提前设计的。”

肉经理走出人群，脸上挂着几颗硕大的汗珠，笑着为警官介绍——

“毕竟要把客人留在岛上度过 7 天，除了新年嘉年华，我们还设计了丰富的娱乐项目。高尔夫、健身房、小型游泳池、阅览室和影音室都是 24 小时开放，但我们希望大家有更多的互动。”

“很好！”裕川介满脸笑意，“而且，谢谢给我们送来的美食。”

“别客气。”肉经理亲切得就像督察的老朋友。

“这个网不会被织网挂住吗？”叶警官指着泛着小水花的海面。

“不会。捕鱼网穿过小岛边缘的织网，不会搅在一起，但也捕不到大鱼，就是虾兵蟹将之类，再加上小鱼小海螺，还是蛮有趣。”

说话间，鱼虾开始出现。

这些挂在渔网上的倒霉蛋儿，垂头丧气地被拎出海面，有的垂死挣扎，有的听天由命。捕鱼的人可兴奋啦，每抓到一条小生物，哪怕是个螺蛳，都有欢呼出现。

“这里适合带孩子来。”叶警官用胳膊肘碰碰姐夫，“孩子都爱水，小裕最喜欢出海，下次咱们也租一条船，自己撒网来抓鱼！”

裕川介想到儿子，会心一笑。

这一网全部收完，渔获直接运到厨房，男人们抬着几个大筐，膀子晒得黑黢黢的，脸上是从大海里捡了便宜的得意。

“话说，要吃午饭了吧？”

听到这话，女助手警官做出晕倒状，暗想：姐夫哥儿啊，姐夫哥儿，你怕是位无敌海底捞吧！你的肠胃究竟是什么材质的，这些“管道”直通哪儿，是马里亚纳海沟吗？！

“稍等。”肉经理指指小广场方向，“那边还在做游戏呢！”

一眼望去，果然，另一群客人在工作人员的带领下，正在玩老鹰捉小鸡。扮老鹰的，是位腿脚极利落的小伙儿，嘴里还叼个哨子，边抓“小鸡”边吹。

一众成年人玩这个游戏，确实比孩子有更多笑点。看队伍中间的女士，跑起来像鹌鹑的那位，明显跟不上节奏，每次队伍都在她那里拐弯，笑着叫着的声音又最大，第一个被抓住的就是她！

还有那位听说腿脚有残疾的客人，竟然也参加这个活动——

他站在“母鸡”身后，像一个缺少润滑油的轴承，磕磕绊绊，只能死死抓住“母鸡”——一位高瘦灵巧的女士，身着三叶草标志的运动服。

叶警官吐吐舌头，童心未泯，甚至强行扮嫩，真是难为大家啦！

“你也去玩吧！”裕川介指指队尾，示意小姨子，“撒撒欢，你这种长期坐办公室的人，心肺功能都很差劲。”

叶警官本想拒绝，见小鸡队伍中倒数第三位的薇小姐正冲自己招手，便半推半就地加入队伍……

裕川介竟然缺席午餐，剧烈的腹泻，让他把整个中午时光都耗在马桶上。法医帮忙检查，长官今天吃的东西太杂，又有寒凉的海鲜，拉肚子还是轻的。

据说午餐偏偏十分丰盛，叶警官一上午嘴巴也没停，但还是对F岛的餐食称赞不已。

“姐夫，咱们这一趟差事也算赚到啦。”

叶警官不得不把皮带的扣眼向后调整一格：“这些客人花5万才能享受的服务，咱们俩就省下10万！”

裕川介来不及回答，肚子咕咕叫，又放出一股漫长的气体。

“话说这些客人心也真大，海上小岛连续死了俩人，这些人还是吃吃玩玩，没什么影响。”

叶警官心情亮丽，揉着胃部帮忙消化。裕川介话在嘴边，肠子搅劲地疼，又生生咽下去。

“这个牧慎也真是闷葫芦，被安排到另一个集装箱房间，一上午就干待着，午饭也是工作人员送去，钱算白花啦！”小姨子对姐夫的痛苦视而不见，继续自说自话，“糖小姐就不像他，带个墨镜，中午去餐厅，吃得还不少。”

“夕小姐呢？”裕川介总算出声。

“午餐和一位男客人坐一起，脸色虽然不太好，但也笑了好几回，吃完还一起散步。”

“其他人呢？”

“看着还挺乐呵。”

裕川介再也说不出话，上面疼得流冷汗，下面又开始放气体。

6

太阳偏向西，肉经理来“请示”，原定正月初一晚上举办的“烟花化装晚会”，是否还照常举行。

裕川介没任何迟疑，当场答应，并嘱咐嘉年华负责人，在拖船到来之前，“该干吗就干吗。”

岛上命案不断，但除了夕小姐曾经要求回陆地，并没有其他客人强烈表达不满。对他们来说，这趟“梦幻旅程”依然美好，那就不要人为地破坏这愉悦的氛围吧！

果岭上，几位男士悠闲地打着高尔夫，小酒馆里，客人结伴儿流连其中，虽然没有大声喧哗，可也能听到欢声笑语。白天，大家捕鱼、做游戏，一切都那么正常。

这些人就像从某人葬礼返回家里的亲友，真切地印证一个残酷又无奈的事实：你死你的，对不起，我还得活。

“姐夫，我们好像忘记了一个关键点。”

叶警官停止敲击键盘，抬头瞧歪在沙发上，半死不活的裕川介。

“牛仔外套。”

“有什么特别？”

“女人的直觉，它有某种特别含义。嫌疑人的衣服，死者讨过去，穿上之后，死在嫌疑人的地板上。虽然没证据，但可能就是解题的重要线索之一。”

裕川介点头，“你的洞察力有进步。”

“还有，就是那对失散的父子，我们在做背景调查时发现……”

“有什么异常？”

神探直起腰，手肘撑着膝盖，双手捧着下巴，指尖弹弄着下巴上的胡茬，冷不防揪掉一根。

"看来他们确实不知道，因为彼此完全没有任何交流！"

"做没做 DNA 比对？"

"当然，我就是在 DNA 数据库中采集信息，确认他们的父子关系。毕竟我们这个国家，每位公民从出生开始，就被采集血样，形成公民 DNA 数据资源。"

"但这不是你这个级别警员该有的权限，这涉及整个国家公民的隐私。"

"我用你的账号登录，猜出你的密码。"叶警官嬉皮笑脸，"我姐的生日！"

"所以呢？"裕川介无可奈何，没一点办法。

"这个孩子，是父亲都不知道存在于世的孩子。"

"或者呢？"

"他们彼此早就认识，但却在人前假装不认识。"

"还有第三种可能吗？"

叶警官认真想想，"有人修改 DNA 数据资源，从源头造假。毕竟覆盖全体国民的数据库，是近几年的事儿，成年人的数据信息都是后采集的，导致准确率有限，只能作为参考，还是要以亲子鉴定的结果为准。"

当姐夫的，终于满意小姨子的进步：

"如果你进入警务大数据系统，再加一些背景调查，就能轻易发现这层关系，这对父子怎么会不知道？！孩子情有可原，小时候走丢，或被送人，但父亲应该知道自己有流落在外的孩子。如果他想找，一定会求助警方，早就会发现孩子身在何处。"

"母亲故意隐瞒呢？"

"这有可能。"裕川介变魔术般掏出一根牙签，叼在嘴角干嚼着，"不管怎么说，咱们就看看，他们究竟想怎么演下去吧。"

烟花化装晚会和F岛上的新年晚餐、消夜一起举办，但看来大家都不饿，只是拼命喝酒。

与陆地上过年的情景也差不多，第一顿大鱼大肉吃得香，第二顿战斗力就下降，接下来美食的边际效应不断递减。但奇怪的是，酒精却不符合这条定律，吃不下，依然喝得下。

想想仓库里那堆积如山的各种酒水、软饮，看来主办方的确深谙客人需求。

烟花化装晚会，顾名思义，不用解释。客人也不必费心准备衣服。傍晚时分，工作人员早就挨个房间送上装备，连上岛的警察也有。

肉经理解释，怕客人不满意，肯定要多准备一些，不过绝对不会勉强警察穿这些以卡通和影视剧中的角色为主题的道具服。

烟花是小型焰火，主要是烘托新年的气氛，和昨晚一样，在小广场放放就行，毕竟这是漂浮的小岛，安全第一。

在介督察的邀请下，嫌疑人牧慎先生也走出房间，他已经在集装箱里憋闷一整天。

海风阵阵，星斗爬上夜空。仙人一般飘荡在深海，远离大陆烦忧，这真是难得的享受！不少人被浩瀚的海景吸引，久久驻足小岛边缘，或站在集装箱的露台上眺望……

众人都穿上道具服，甚至警察们也不例外。

神探裕川介穿得十分应景，是大侦探波洛的经典造型，但听说他本人是拒绝的。叶警官一身豹纹，还带个尾巴，像草原上矫捷的母豹，听说督察本来要穿她这套。法医和法证是女吸血鬼和男麋鹿。

统一穿黑白企鹅服的工作人员又开始忙活起来，薇小姐午后感觉不适，毕竟凌晨就起床，两起命案，又玩老鹰抓小鸡，女大学生身体有点吃不消，请假在房间休整。

于是肉经理开始支使小啸，这孩子也是一只“企鹅”，在客人中穿梭，驼着背，两条细腿有点滑稽。

晚餐果然有那道鸡蛋蟹腿肉米饭，正在减肥的叶警官破例又吃一碗，暗中朝兼职厨师致意。那孩子收到女警官赞许，笑起来时，眼角垂得没那么明显。

一轮轮直升机窥探，把小广场上的舞台吹得凌乱，今晚也没有特别安排演员表演。不过红地毯还是在海水里洗净，重新铺上，射灯也全都亮起，音乐大声放出来——

新年的样子，还是要有嘛！

牧慎属于孤独体质，还是游离在众人之外。夕小姐躲着他，两人始终保持直线距离最远，就像永远没有交集的星体。

裕川介重新恢复进食战斗力，摸着波洛的假胡子，饶有兴趣地品尝美食，不时喝一口酒，和法医、法证耳语，偶尔看手表。

“姐夫，我又发现一件有趣的事儿。”

“母豹子”叶警官转一圈，回到“波洛先生”裕川介身边。

“岛上，100 多号人，竟然没人打麻将——这太不科学！”

“确实稀罕。”裕川介再次给女文职警员点赞，“你的观察力再上层楼，果然破案能力要在案件里学习。”

“可不是，我是真打算申请来一线。”

“成！那请你先分析一下，为什么岛上的人都不打麻将？按理说这个国家，只要有 4 个成年人，在一起待上 5 分钟，就应该拿起二五八万来。”

“NO！ NO！ NO！”

叶警官伸出细嫩的食指，俏皮地摇摇：“姐夫，虽然你是神探，但我也有自己的方法。你靠分析各种可能性，再找出最终的答案，我却不同，我喜欢直接找到答案，又省脑子又省时间。”

说话间，穿着豹纹服的女警官已经站起来，胸有成竹地朝人群走去，一副“等着瞧好儿”的模样。

裕川介目送姨妹子，手中剥着葵瓜子，就像静待喜剧上演的观众。

几分钟之后，叶警官兴高采烈地回来，往椅背上一靠，“老板，这次换你先来，看你的分析准确不准确！”

“先来就先来。”当姐夫的官儿再大，也只能耐心陪着玩耍，“两种可能，一是大家上岛后才发现，岛上根本没有麻将或麻将机，二是这些客人都说，自己不喜欢打麻将。”

“好！分析完毕，那你的结论是？”

“二，客人都说不喜欢打麻将。”

“天呀，姐夫你不是人类吧！”打扮成母豹模样的女警抱拳作揖，“分析出这两种可能不算什么，当然已经比普通人强得多，但能确定答案二，那可是真智慧啊！”

“小儿科。”裕川介又有点得意，一把将剥好的瓜子瓤丢进嘴里，香喷喷地嚼着。

“不过，我彻底糊涂啦，姐夫，这究竟是怎么回事？答案一的概率可比答案二大出无数倍，为什么你就能猜出来，大家都不喜欢打麻将呢？”

裕川介翻个气人的白眼，“越急越不告诉你，请你自己先想想！”

7

大概自觉跑题太久，终于良心发现，裕川介重拾警察的“自我修养”。离开闹哄哄的小广场，独自来到第一位受害人蜜小姐遇害的集装箱。

现场，在警方到来之前已经被破坏。

从牧慎用对讲机呼叫服务台，再到服务台报警，裕川介和叶警官赶到警署，坐上轻便快捷的“小鸟”来到尸体旁边，已经过去一个半小时。这期间，牧慎的集装箱房间出出进进，像陆地上的集贸市场。

没人有保护现场的意识，而这应该是起码的常识。除了尸体被肉经理拦着，只被自家姐妹又搂又抱，其他区域已经踩得稀巴烂。

这才是裕川介没有花大力气到处勘查的原因，只是交给法医和法证，看最终能否得到一点有价值的线索。

督察深知，第一桩案件并不能称为真正的密室事件，虽然逗着小姨子去猜测犯案手法，但他自己根本没深想。说什么“已经破解密室之谜”，那都是骗孩子的话！

毕竟，这是基于嫌疑人牧慎的自我陈述，虽然经过分析，这种可能性最大。但直到第二桩案件的出现，密室，才真正坐实。

目前，他唯一可以确认的，也就是凶手不是牧慎，而已。

相比于密室，找出神秘岛主，才是裕川介此刻最在意的事情吧！

慎先生的房门紧闭，门上贴着警方的封条——为了顾及其他客人的感受，蜜小姐和汝先生的尸体经过检查，已经被安置在仓库区域一个单独的小集装箱，那里原来是存放烟花的地方。

糖小姐本来吵着要设灵堂，被肉经理好歹劝住。但她再也没去“看”过姊妹，倒是岛上经理每隔一会儿就来转转。

裕川介掏出肉经理早上给他的万能钥匙，红色的鱼形小卡片贴在感应门锁上，啪嗒一声，甚为悦耳。

此时，不是密室，没有人在里面挂链条锁，门一推就开。

房间没开灯，露台的门也紧闭着，只有从窗户投射进来的小广场的灯光，不够亮，但室内的陈设也能看得清楚。

没什么难闻的气味，包括想象中的死人味、尸臭味。相反，寝具散发出的棉麻清香，甚至让人有种回到自家卧室的错觉。地板上，法证画出尸体蜷缩的轮廓，牧慎躺着的位置，也用黄色带号码的小牌标记着。

裕川介径直来到床边，在没有柜门的矮柜上，再次拾起早上摆弄的那个瓷做的奥特曼。

这玩意儿做得并不精致，阴暗中，奥特曼映衬出窗外的灯光，表面的光泽类似糖葫芦的冰糖外衣。

在牧慎的床沿边儿静坐几分钟，裕川介这才缓慢站起身来，轻手轻脚地离开。

走下通到地面的楼梯，裕川介又来到第二位受害者汝先生的房间，在另一栋三层集装箱的首层。

拨开封条，打开房门，这次裕川介把全部的灯都打开。环顾四周，再翻看一下死者的行李，最后站在扶手沾着血迹的沙发对面，双手抱肩，若有所思。

矮柜上，奥特曼小像仰面摔倒，旁边是两团纸巾和一只装着浅棕色液体的玻璃杯，法证的数字牌放在旁边。

房间里不便藏人，集装箱连接形成的大开间，没有门做间隔。即便有人会隐身术，杀人之后，也必须又变成崂山道士，否则根本无法在外面挂上链条锁，让这里形成“密室”。

当然，推理小说中，这类密室很多，无非是机关和手法的结合：钓鱼线，似是而非的门或链条锁，凶手不走门走窗子，房间除了门的其他部位可以通行等。前面和小姨子已经分析过，在F岛都行不通。

说白了，这就是一间只能从门出入，链条锁只能从里面挂上，门一关、锁一挂，就彻底变成密室的房间。

还有一种可能：受害人是自杀，或被某种室内机关杀害，但眼前的集装箱房间，并不存在这些手法的成立条件，裕川介和法证已经逐一排除。法医也证实，按照刀子插入心脏的角度和力度，这不是受害人自己完成的，凶器也不翼而飞，肯定是他杀无误！

裕川介走进洗手间，这男人带的化妆品可也不少，镜子前的梳妆台上堆得满满的，看得出全是奢侈品大牌。特别是香水，竟然有三四瓶，甚至还有粉底液，难怪听说他给屁股整过容。

马桶的盖子放下来，垃圾桶里，用过的纸巾一团一团，冒了尖不说，地上还有好几团。

第三间集装箱属于蜜小姐，裕川介打开房门，只看到一片凌乱。

警方已经封存这三间集装箱房间，等 F 岛回到陆地，再派人手仔细调查。凌乱不是警察造成的，这实在是位邋遢的姑娘！

沙发和床上堆着裙子和内衣，几双高跟鞋和拖鞋东南西北分散着，没有一只姿势优雅。纸巾和零食包装袋随意丢在地上，床边还有一个咬了几口的苹果。

半开放的洗手间简直是重灾区，没有比较就没有伤害，汝先生在这位小姐面前，那还是小儿科。

各种化妆品的瓶瓶罐罐，七扭八歪占满洗手台。到处都是水渍，雪白的毛巾沾着红色的口红和黑色的眼影，最后被踩在脚底。

垃圾桶已经被彻底掩埋，一次性美瞳隐形眼镜的外包装盒、贴过的面膜，甚至还有卫生护垫。拼命扯过的纸巾，每一条都比哈达还长……

难怪她是和汝先生一起来的，两人果然有很多相似之处。

裕川介好不容易找块空隙下脚，忍不住联想，这样的女人娶回家是什么模样。她教育出来的孩子，又是什么德行。

看遍房间，并没发现奥特曼小像，但裕川介不死心，在衣服堆、垃圾堆里到处翻找。

终于，在丢毛巾的藤篓子里，被几条用过的毛巾夹杂着，越看越粗糙的“鸭蛋眼”英雄，重见天日。

入夜的海风，把人吹得微醺又清醒。这句子没毛病。

抬头看看，这情景也别错过——不做渔民，谁知道人生还有几次机会，在这样漂浮的小岛上，享尽海上星空。

空气中有微弱的腥味，一种细小的声音摩擦耳膜，分辨不出从哪里来。

裕川介并未对风景产生什么兴趣，也没心情刻意描写，径直朝小广场而去。

烟花化装晚会即将落幕，不少客人散去，只有十几个人吃着下酒菜，喝着啤酒。有人光着膀子，露出满是脂肪的后背，多亏没大声划拳。

叶警官和小啸坐在一张小圆桌旁，边说边笑。当然，笑的是警察大姐，肉经理助手兼保安兼厨师的小伙儿，一板一眼地认真回答问话。

“在码头当调度员，那你的厨艺怎么这么好？”

“我妈妈的家族一直经营餐馆，从小在外公家长大，很多东西就会了。”

“这叫耳濡目染。”裕川介坐回两人身旁，示意他们继续聊。

“冒昧地问，你爸爸呢？”

啸小哥儿反倒微笑起来，“这没什么冒昧，我是单亲家庭的孩子。”

“爸爸，怎么啦？……”叶警官小心翼翼。

“去世很早，我甚至没见过他。我们没有感情，所以也不难过。”

“哦。”两位警察同时感慨，“可怜的孩子，但你并不需要他人的怜悯。”

“我可能，要去忙啦……”

小伙子瞧瞧裕川介，还是站起来，指指肉经理的方向。

裕川介摆出慈父般的笑容，“晚上 8：58，去吧，孩子！”

8

今夜，注定要在岛上度过，船务公司老板的电话，一整天都关机。拖船工也召集不到，没有老板吩咐，凭你天王老子也不好使。这些常年对抗海上风暴的倔强工人，要留在家人身边。

众人眼中的裕川介不太着急，就算着急，估计也不会写在脸上。

好在直升机每隔几小时就在上空盘旋，警方又派出 2 艘机动船，在 F 岛周围护航。

挺好的，就先这么漂着吧！

人虽然慢慢散棚，按照计划，晚上 9：30，岛上依然要放烟花。除了冷热的烟花，还有几支窜天猴儿，工作人员见人少也觉得无趣，便草草收场。

啸小哥儿最后一轮上菜，神探又吃完一盘辣炒海螺，啃几只生腌蟹腿，喝一杯土耳其红茶，晚上 10：00，这才起身回到自己的集装箱房间。

半小时后，剧烈腹泻。

这次腹泻不同寻常，几轮下来，裕川介像一摊稀泥巴糊在马桶圈上，肠胃的难受和疼痛，让他已经没有说话的力气。两条大长腿耷拉着，像被砍倒的竹竿子。

肉经理带着 F 岛上配备的医生、女法医和叶警官一起，帮督察粗略检查，一致决定立刻召唤警方的小鸟直升机，送他回陆地医院治疗。

裕川介已经离不开马桶，冒着冷汗，又拉又吐。终于熬到午夜，在众人的帮助下，拿出吃奶的力气爬上“小鸟”，朝小岛航向相反的方向而去。

叶警官也睡不着。

夜里起风，海浪明显高涨起来。此时，就算不是感官敏锐的乘客，也能感知小岛的颠簸——相信已经有人开始“晕船”。

这座海上浮岛，像一片叶子，更像一只水黾，把自己的躯体摊平、舒张，紧紧帖伏在海面上。然而面对大海的无边无际，可叹这位海上“溜冰者”，掌心里除了海水，什么也抓不住。

这样漂浮的意义，究竟在哪里？！

隐约又有声音传来，仔细分辨，好像是从大海深处。不知是什么生物，不远不近地围着小岛，发出空荡荡的低吼。

叶警官扯过薄被，盖住自己的头顶，又猛地掀起来——这样做，没有意义！

重新爬起来，抓起丢在沙发上的豹纹道具服，女警官就势披在身上，推开露台的门，整个身体正面迎接海风！

风，从头皮唰的一下梳理到发梢，叶警官连打几个寒战。

树丛、果岭、长凳旁，小岛上到处都有微弱的灯光。零星几个集装箱房间窗户还有人影儿闪过，小广场上工作人员正在打扫，看来也接近尾声。

犹豫一下，还是把姐夫临走时交给自己的手枪带上，叶警官蹑手蹑脚走下蓝区集装箱二楼的房间，双脚接触到松软的沙地。

就走走吧！

身材紧致的女警，一侧身就跨进草坪，哪儿阴暗她钻哪儿。

是的，在夜晚，待在光影之下，并不能给予安全感，除非你想成为罪恶的靶子。没有比黑暗更好的掩护和伪装，哪怕你赤身裸体。

小岛确实不大，细细转一圈，半小时绰绰有余。

叶警官先摸索到存放尸体的烟花仓库，这里灯光明亮，只见两条白色的细长物体妥帖地摆放在铁架上——这是从头到脚盖着白布的蜜小姐和汝先生。

多亏这是海上，还没招来什么苍蝇，气味也不差。

女法医斜靠在门口的长椅上打盹，身上搭着灰白格子的毛毯，怀里抱着一本封面有红绿线条的书，应该是从阅览室拿来的，东川笃哉的《完全犯罪需要几只猫》。

她应该喜欢小动物。

年轻的男法证陪着同伴，在另一张长椅上婴儿般睡得香甜。他的手臂耷拉着，令人不由联想起汝先生的死状，毛毯已经滑到地上。

捡毯子时，叶警官帮男法证把手臂放回身旁。这一系列动作惊醒女法医，彼此示意一下，女警对同仁做出“辛苦啦”的口型，放心地离开仓库。

随便闯入，乱碰尸体，看来不容易。

主控室也在蓝区集装箱区域，叶警官在门口窥探，并不打算走进去，打扰那位正在专心盯着织网的值班员。

红灯不停闪烁，不断有物体撞上小岛，但都是一些无辜的海洋生物。尖刺挂住它们的身体，漂浮一段距离之后，受害者缓慢脱落，有的沉入海底，有的在路上成为其他生物的盘中餐。

织网的孔径对于绝大多数鱼虾已经足够，挣扎几下，就能逃脱。偶尔有个头大的家伙，值班员就会用对讲机通知救生员，只要不适合人类煎炒烹炸，很快就能放它们回家。

看来，这里也一切正常。

肉经理的房间已经熄灯——确实，整个小岛上就数这位敬业的职业经理人最忙：他要招待好每位嘉年华客人，管理好几十人的团队，还要应付棘手的凶案，而且是连续两起！

除了配合警方完成调查，也要随时满足患有神经性贪食症的督察的多样化进食需求。

叶警官甚至开始怜悯起他来，这应该也是一位有家有室的男人，年纪和姐夫差不多。为了生计，新年也不能和家人团聚，而是为这些孤独的人们提供慰藉。回到自己的家里，他还需要继续无微不至地照顾别人吗？

如果没有高额的报酬，又不是出于爱，那真是一种伟大。

没什么特别，叶警官准备回去，重新进入梦乡。

轻手轻脚，故意假想自己是夜游的鬼魅，女警斜穿小广场，经过休闲长椅区域时，却突然看到两个影子立在变色木树丛后面。

立刻蹲下，手指抓住手枪，叶警官全神贯注地盯着十几米远的那两个人。

“昨晚，你闹腾一夜，还没完没了吗？”女的声音。

“为什么不开门，我只想和你当面说清楚。”男的声音。

“你酒气熏天，那样子真吓人，我敢开门吗？”

“对不起，我并不是有意吓唬你。”男人语气有一丝缓和，又问，“除夕夜，是你送我回房间的吗？”

“是的。”

“然后呢？”

“我把你扶到床上，帮你盖好被子。”

“然后呢？”

“没有然后！我就走了，回自己房间，边看电视边收拾，准备睡觉！”

留白几秒，那男人又说话：

“你在我房间，发现有什么不正常吗？比如，我房间有其他人在吗？”

“我明白你的意思，遇到这样的事儿，我很替你难过，但如果当时你房间还有其他人，我肯定能发现！”

“为什么这么肯定？他可以躲在露台或洗手间。”

女人不说话，最后终于和盘托出：“其实，我在你的房间待了一会儿，用了洗手间，还走上露台看看风景，帮你拉上窗帘，所以可以肯定，当时没人。”

“顺便还翻翻我的东西吧？谁让你这么做的呢？！”男人的声音突然变得恶狠狠的。

“我，并不是故意的，只是想多了解你一点，确实对你有好感……”

“可惜，我没这种感觉。”

“你为什么要这么直接呢？就因为我是汝先生案件的目击证人，警方也把我看成嫌疑人，你就可以鄙视我、轻视我吗？”

“不是，我难道比你强吗？我不一样是杀害那个女人的嫌疑人。”

“那就是呀，我们半斤对八两，你凭什么对我没感觉？”

“我来 F 岛，又不是谈恋爱的……”

“那你来干吗？不是狂欢，不谈恋爱，你来干吗，真是浑蛋！”

女的提高嗓门，如果再大一点声音，应该就会引起更多人的注意。

“我不懂你在说什么，我只想知道，你不会告诉警察吧？”

声音缓和，低沉下来，那男人重新换上一副没有感情的声线，“你确实看到了不该看的东西。”

“我不会说的，真的不会的！”女人急了，“我可以向宇宙发誓！”

满天的耀眼星斗下，男人极为勉强地接受女人这个不着边际的誓言。

“这和你没关系，我只是在保护你，夕小姐。”

牧慎最后留下这句话，径直朝集装箱房间走去。夕小姐在黑暗中抱紧自己，慢慢蹲下来……

9

海上的清晨来得比陆地早，风平浪静，又起团雾，估计大年初二还是个太阳天。

餐厅直到7点钟也没什么人影儿，看来客人们都还没起床。连续两晚吃吃喝喝，白天捕鱼做游戏，需要强大的体力做支撑。

叶警官穿戴整齐，与两位同仁慢悠悠地喝着菜粥，裕川介还没回来，下一步的工作安排没有指示，暂时只能等待。

薇小姐晃晃荡荡走进餐厅，径直来到警察的面前，拉张椅子坐下。

她今天的状态比昨晚更糟糕。皮肤没有光泽，眼睛没有神采，鼻翼鼓出一个巨大的粉刺，白头还没露出来。两个硕大的眼袋，不会有人认为那是卧蚕。

——这姑娘精神状态实在欠佳，脖子仿佛不能承受脑袋的重量，两者一起耷拉着。

“怎么啦？”叶警官关切地问，赶忙倒一杯土耳其红茶给她。

薇小姐颤抖地接过来，喝两口，好像恢复了一点气力。

“我已经告诉肉经理，我不做了，我病了……”

姑娘又喝茶，仿佛那是治病的良药。

“如果早知道F岛是这样的鬼地方，给金山银山我也不会来！汝先生和蜜小姐的尸体，一直在我眼前晃来晃去，一刻都不得安宁。”

“你的心理压力太大，小妹妹。轻松点，这些事情和你无关……”

比薇小姐大不了几岁的叶警官，握住她的手，果然冷冰冰的。

“不！”女大学生突然抬起头，拧着粗黑的眉毛，“我受不了啦，特别是晚上。”

“噩梦吗？”

“不是！其实是……”

薇小姐开始讲述：

这个岛上有人偷窥我，我敢保证！

从客人上岛起，我就感觉有人在暗处注视着我，可我每次找那目光的来源，都没有对应上它的主人。

我以为是因为我——性感，我知道，朋友和同学都是这样评价的。

这也没什么，看就看吧，我最初是这样想的。

但是昨天凌晨，客人回房间之后，我们收拾妥当，也回到蓝区的工作人员集装箱。四人一间，都是女孩儿。洗澡时，我突然看到有人在窗外，透过窗帘往里面偷窥！

因为是一楼，两位女孩儿立刻跑出去，想抓住这个变态狂，却没见人影儿。

昨晚，也就是初一晚上，我请假在房间休息，简单洗漱爬上床铺。可是头痛欲裂，我睡不踏实。迷迷糊糊，感觉有人溜进房间。

没有开灯，那人蹑手蹑脚来到我床边，仰头看着我。我们只有一米远，我甚至能闻到他的体味，淡淡的，有股塑料味，也可能是错觉。

我想大声呼救，但又怕他有刀子什么的，这么近，一刀就能要我的命，就像对汝先生那样！我只能紧紧闭着眼睛，强迫自己呼吸平静，假装睡着。

那人轻声来到门口的架子上——那是我们放行李和个人物品的地方，他开始翻腾起来，声音很轻，像蛇爬过田地。我不知道他在找什么，应该没什么值钱的物件。

果然，他放下行李，又回到我的床前，这次开始翻我脱下来的制服。

“你看清他的长相没？”叶警官插话。

“很黑，我睡觉没戴隐形眼镜，高度近视什么也看不清。”

“男女，身高，体态？”

“眼睛不给力，实在看不清，就知道是个男的。”

“然后呢？他伤害你了吗？”

“没有，他走了。”

“你丢东西没？”

“也没有。我爬起来，下床检查自己的行李——所以，我确定他是偷窥狂！他也许是要拿我的内衣，毕竟G罩杯的内衣不常见。但我都挂起来了，和其他女孩儿的混在一起。”

“那是几点？”

“晚上9：10左右，他在我房间应该有2分钟。”

叶警官听完薇小姐的遭遇深表同情，轻拍着她的肩膀，安慰道——

现在呢，很抱歉，还不允许任何人离开F岛，两桩命案等待侦破，嫌疑人就在这个岛上，裕川介督察生病回陆地治疗，拖船队还没来。

而且呢，就算现在回陆地，你也不能马上回家，警方还要逐一做笔录。

更何况你主动要求离岛，可能会背上嫌疑人的标签，平添无谓的麻烦。

在岸上也是等，在岛上也是等。与其这样，不如再欣赏一下风景吧！

确实身体不适，岛上有医生，法医姐姐也能应对一些简单的病症。薇小姐你是心理压力太大，只要好好调整心态，会很快恢复的。

至于偷窥狂，警方会责成肉经理加强巡逻，重点保护女客人及女工作人员。建议薇小姐不要再打单儿，尽量和女伴儿在一起，不给坏人可乘之机！

当然，警方会把这件事记录在案，一定会抓住这个家伙，请放心！

……

话说到这儿，滴水不漏，薇小姐虽然垂头丧气，但也无计可施。

又喝一杯红茶，叶警官站起来，薇小姐却还没有起身的意思，双手捧着茶杯，欲言又止。

“你还有事想要告诉我，是吗？”女警官温柔地坐下。

“请问，至亲的人之间，有没有可能互相伤害？”

“当然有可能，这样的例子不少。”

叶警官知道有线索上门，按捺内心的喜悦，脸上还是保持平静，“可能是意外，也可能是故意。”

“比如，我是说比如，双胞胎之间，长得一模一样，会不会彼此伤害？”

“你是说哪种伤害？”叶警官还在朝着自己想要的目标诱导对方。

“杀了对方！”薇小姐终于说出口，“就像蜜小姐那样。”

“你有什么发现吗？”

薇小姐摇头，“我只是有种强烈的预感，糖小姐可能是杀死蜜小姐的凶手，甚至也是她杀害了汝先生！毕竟其他人和死者无冤无仇，他们三个人一起来的，而且，而且……”

叶警官赶紧垫一句话：“而且什么？”

女大学生翕动着嘴唇：

警方应该好好查查糖小姐！

除夕嘉年华之后，客人散去，我偶然听到这三人在健身房吵架，他们可能以为午夜过后没人健身。

肉经理安排工作人员到处巡查，我恰好走到那里。

他们吵得很厉害，但断断续续，听不懂关于什么，双胞胎中间的一位还在哭。我已经确认糖、蜜小姐都是汝先生的情人，他们之间，可能是情杀……

10

挂断姐姐的电话，得知姐夫昨夜在医院输液治疗，现在已经没事，叶警官才放下心来。

从餐厅打包几样点心，一颗清水蛋，一碗菜粥，女警来到糖小姐的房间外面，用指关节轻轻敲门。

“谁呀？”声音还带着痰，估计没起床。

知道来人身份，F岛客人糖小姐解开链条锁，打开房门，请叶警官进来。

一样的凌乱，和蜜小姐的房间如出一辙，真不愧是姐妹。

“好点吗？我来看看你。”女警官温柔得像天使。

揉揉眼睛，穿睡裙的糖小姐摆出苦笑，“怎么能好，非常糟糕。”

“总要花点时间。”

叶警官把沙发上堆着的杂物推开一个空隙，屁股坐在上面，顿时感觉被硌了一下。掏出那个物件一瞧，是奥特曼的陶瓷小像，做工简朴，像是几岁孩子的玩具。

“你带来的？”

糖小姐摇头：“是这房间原来就有的装饰品。”叶警官把奥特曼重新摆在矮柜上。

精于化妆的女人，卸了妆之后差别原来真有那么大，女警官暗中感慨，如果不是声音相像，说这是两个人也不夸张。

而且这位网络明星有明显的整容痕迹，当然，背景调查已经发现，这对双胞胎姐妹从头到脚整过的地方还真不少！

“找我有事吧？”糖小姐在床边坐好，拢拢头发，“我不喜欢拐弯抹角。”

“之前和您简单沟通过，见您情绪很糟，没有多问。不过作为两件案子受害人的直接关系人，还是要找您详细了解情况。”

叶警官客客气气，没想到糖小姐还是怒了——

“直接关系人？不好意思，我没有理解错吧，你是想说我是嫌疑人吗？”

女警官不置可否，双手交叉握住上臂，任由对方提高嗓门。

“去世的可是我的亲姐妹啊！我们是双胞胎，我会杀她吗？！”

“我没说您杀人，请别激动。换个问题，请问你们姐妹之间的关系怎么样？”

“这还不是暗示我有杀人嫌疑吗？！”

叶警官决定摊牌，“除夕午夜过后，有人听到您、蜜小姐和汝先生在健身房吵架，能说说情况吗？”

“再亲近的家人和朋友也有可能吵架吧！”

糖小姐上身前倾，领口开得很大，好在对面是一位女警官，“蜜喝多酒，一直在哭闹，我们劝她回房间，她就是不肯。”

“就因为这个？”

“还能因为什么呢？不信你可以去问汝先生，看我是不是在说谎！”

叶警官抿嘴一乐，“这个提议很好，不过还是您去问问吧。”

发觉失言，糖小姐不得不道歉，语气和态度却还是充满不悦：

其实，我就算自己去死，也不会伤害蜜一丝一毫，我们怕是这个世界上关系最亲密的姐妹。

我们一起来到这个世界，听说在妈妈肚子里时，就经常抱在一起。

您不会和自己的姐妹用一个杯子喝水吧？我们经常会。

您没有和自己的姐妹穿一条内裤吧？我们经常会。

我们的东西就没有你我的概念，是属于我们共有的，谁用都行。

——当然，我们不是不讲卫生。

更难得的是，我们的爱好相同，审美相同，品味也相同，我们就是老天创造的一模一样的彼此，我们也不打算做什么区分。除了名字，也是方便别人叫的。

酒精作用下，正是除夕，触景生情，可怜的蜜突然伤感起来——

我完全能理解她呀，她在思念我们去世的父母。

没有父母，没有结婚，我们就没有家。除了彼此，即便是新年，也没什么人真正牵挂我们……

我们姐妹感情这么好，甚至心灵相通，所以我被怀疑杀蜜，会特别生气。

“很抱歉让您有这个错觉，我希望尽快破案，为蜜小姐找出真凶！”

叶警官是位得体的倾听者，“不过，我也有姐姐，虽然不是双胞胎，同样彼此深爱，但表达的方式和你们不同，倒不能说，我们就没有你们亲密。”

“跳过这个话题吧，我其实也想马上找出这个浑蛋，再千刀万剐！可我想不通，这个岛上究竟有谁想要杀蜜，或者是我？！可能因为我们长得像，蜜被误杀，这也是有可能的，但我并没有仇家在岛上呀！”

“你们姐妹与汝先生是什么关系呢？”

“朋友，认识很多年的朋友。”

“汝先生与蜜小姐之间有矛盾吗？汝先生会不会是杀害蜜的凶手呢？”

糖小姐手脚并用，一起摇晃：“不可能，他们关系好着呢！就是为了陪我们，汝先生才没有在家里过新年。”

“汝先生有家庭吧？”

“有，还有三个孩子。”

糖小姐不想隐瞒，其实也隐瞒不了，户籍系统是初级警察也能登录的。

“那你们的关系？……”未婚的叶警官，问得有点隐晦。

“不太正当的关系。”

糖小姐的直白出乎女警官的意料，便弱弱地又加一句：“是和哪位？”

“我们俩。”

这样惊世骇俗的答案，本应该让叶警官再次人仰马翻，但就是这么巧，女警官没有——大学阶段，某学院恰好有一对著名的双胞胎，净干这种事！最终她们的结局谁也不知道，好与坏，这都是自己的选择。

“除夕夜，我和汝先生整晚在一起，我们俩都不是杀蜜的凶手。虽然他死了，不能给我作证，但相信你们能查出真正的凶手！”

“鉴于你们的关系和死者身份，不能算不在场证明。”

“你们要不在场证明，对吧，那绝对没问题。”糖小姐兴奋起来，起身在一屋子的杂物中把手机翻出来，得意扬扬地甩给女警官，“证据，就在这儿！”

叶警官接过手机，发现屏幕摔得粉碎。糖小姐赶忙把手机又抢过来，熟练地开机，点开屏幕上的某个图标，是一款在线麻将游戏。

“嘉年华上，我们喝太多酒，蜜哭，我失眠，就拉着汝先生陪我打麻将，他的手机警方一查便知！我们在一间‘房间’，一直玩到凌晨3点多，中间没有停下来一局，后台肯定有数据。”

“如果查实，确实是很有力的证据。”

听到警察的肯定答复，网红糖小姐不免舒一口气，起身撕开一张面膜，自顾自地贴在脸上。

“上岛之后，汝先生有异常吗？比如，碰到熟人之类？”

叶警官跟着糖小姐走进洗手间，看着她在镜子前涂抹脸上的乳液，脖子上也细致地涂抹，然后是手臂，甚至裸露的小腿……多亏她没打算在后背也涂满，叶警官真心不想帮忙。

“没有。”

“客人中，什么人和他有‘特别的’交集呢？”

“那好像有好几位哦。”糖小姐停下忙碌的手指，仔细回忆，“工作人员就不说，他和好几位女客人搭过话，这是他的毛病。不过要说特别的，就是叫夕的女人！这女的主动往上贴，那小胳膊小腿的风骚劲儿，很合汝先生的胃口，应该是臭味相投！”

“夕小姐？”

“对！就是老汝尸体的发现人，肯定是她杀了人，还惺惺作态。”糖小姐恶狠狠地、负气一般扯下脸上的面膜，朝垃圾桶丢过去，却没有命中。

“汝先生带着女伴，夕小姐还会这么做吗？”

“这就是她轻贱嘛！当然，老汝也主动勾搭她。”

叶警官忍不住笑出来，“既然您知道他是这样的渣男，干吗还与姐妹委身于他呢？要是我，早就请他滚得越远越好。”

“他有钱。”

糖小姐边说边脱睡袍，准备换上长裙。在人畜无害的女警官面前也没什么顾忌，她只是把身子背过去。

“有人说，汝先生遇害之前，您曾经和他争吵，什么原因呢？”

“算不上吵架，我怪他不应该安排这次旅行，他说吉凶祸福，他也没办法预见。”

“最后一个问题，汝先生遇害时，您在哪里，做什么呢？”

糖小姐扭过上身，双手背在身后整理裙子的拉链，嫣然一笑，“我可有强有力的不在场证明！当时，肉经理一直安慰我呢……”

第三章　又一桩杀人案

1

一大群海鸟突然在岛上降落，不少客人出来观鸟。

谁说鸟儿不辛苦呢！在本能的驱使下，它们不得不迁徙，有的顺着洋流，有的伴着季风，有的追逐温暖，有的寻找食物，有的为了爱情……

F 岛上有充足的食物，毕竟是备足一周的，还有好几台海水净化系统，淡水也不缺。只见肉先生带着一群年轻人，把肉肠和牛肉切碎，水盆中装满水，摆在小广场上。

这场面真是壮观啊！

起码有几千只海鸟在沙地、果岭和集装箱上降落，灰白色的翅膀用力呼扇着。有食吃的海鸟马上就拉屎，有的边吃边拉，有的边飞边拉，屎也是灰白色的。没轮上吃的，在旁边干着急，削尖脑门儿就是挤不进去。

船务公司老板的手机终于打通，他果然在国外度假。

人回不来，但他已经委派公司副手，召集在家里过新年的拖船队船工，预计 8 小时就能抵达 F 岛目前所在的位置，15 小时之后，就能把这座“多灾多难”的浮岛，重新拖回沙滩公园。

F 岛的旅程就要画上一个句号，虽然短暂，但也无可奈何。

那就把食物，都给鸟儿吃掉算啦！

肉经理转身回仓库，指挥手下忙活着，岛上的工作人员都来帮忙，连主控室的值班员，也赶来搭把手。

这些家伙看来饿坏啦，吃得这叫欢实啊！客人中很多不在乎什么禽流感的，蹲在地上逗弄着从天而降的小生物。

突然！

没办法，不是故意一惊一乍，确实事出突然。

返回主控室的值班员呼叫 F 岛最高负责人肉经理，“请赶快回主控室，出大事啦！”

肉经理丢下食盆，连跑带颠，等看到监控屏幕，不由也惊叫起来——

“赶快救人！”

救生员扑通扑通跳进织网，不一会儿就把这位落水者捞上来了。

众人扒开湿漉漉的红色制服，轮流给他做人工呼吸。可这人，明显已经没救。岛上医生摇头，正式宣告他的死亡。

叶警官和法医、法证也束手无策，其实，只要看到落水者头顶的伤口渗出的那一大摊血水，就知道即便华佗再世，怕也回天乏术。

这是 F 岛的第三位受害人。

想到这位垂眼角的孩子给自己做的蟹腿鸡蛋饭，女警官不断叹气，鼻子酸酸的。眼见着法医和岛上医生，用担架把尸体抬走，一路上盖着白布。

肉经理满头大汗，浑身发着抖，他揪着自己斑白的头发，原地搓着手。

落水者，是工作人员，叫“啸”的小哥儿……

“今天，有谁注意到受害人的行踪？”

叶警官马上进入状态，死者的遗体已经运往小仓库，与前两位放在一起，法医正在进一步检查。

众人面面相觑，“我们都被海鸟吸引，没太注意。”

“大家最后见到死者，是什么时候，他在做什么？”警官换了个问法。

“我和小啸住一间房，早上5点半起床，我去餐厅，他去找肉经理。”一位白色制服的厨师出声。

“我也见着他啦，接近6点，经过小广场，他还冲我笑。”另一位小哥儿补充。

“对，他6点多来敲我房门，然后跟着我在岛上巡查，帮我跑腿，一直到海鸟上岛。”肉经理也接茬。

叶警官自己补充，“早餐时我还看见他两次，一次是我自己吃饭时，另一次是我从糖小姐房间出来，把碗还回餐厅时。”

“他离开我的视线，大概就是喂海鸟时。”肉经理终于可以确认。

“对！”

众人七嘴八舌，就是这段时间没看见他——距现在1小时。15分钟前，主控室值班员发现他在织网里。

60分钟减去15分钟，这留白的45分钟，就是小啸的遇害时间！

尸体被海水泡过，死亡时间实在太近，法医暂时无法给出精确到分钟的尸检结果，所以小啸遇害的准确点位，在众人之间形成两种推论：

第一种认为，在这留白的45分钟内，值班员离开岗位大约10分钟，当时织网还是一切正常，最大的可能，小啸就是在这倒数10分钟之内遇害的。

理由如下：没有人能预见海鸟的行踪，但没有海鸟到来这个

"因"，就不会有值班员离岗这个"果"。凶手也大可不必故意等值班员离开，再把尸体丢进去。

再说，岛上巡逻频繁，所以应该是凶手杀完小啸就立马把他推入海中，自己马上跑掉，毕竟岸上是没有监控的。

第二种观点则恰好相反，认为小啸就应该是在剩余的35分钟遇害。

的确，凶手不能预见值班员离岗，但他会担心小啸没有"死透"。毕竟岛上的人都知道，F岛的主控室随时监控织网的情况，只要有人被网住，救生员会马上施救。

如果小啸还没咽气就被救上来，而他又恰好看到凶手的脸——好啦，凶手被"妥妥地"抓住啦。

所以，这个凶手必须，也不得不耐心地等待受害者彻底咽气，才能丢尸。

按照常理推断，应该不少于10分钟。

所以，值班员离不离岗没关系，反正捞上来的，已经是一具尸体……

叶警官耐心听着工作人员分析，忽然有种"高手在民间"的感慨。

但是，不管是35分钟，还是10分钟，那位垂眼角、会做美食的小伙子遇害了，就在警察的眼皮底下！

叶警官的胸口被愤懑堵得满满的——这是挑衅吗？连环杀人案吗？神探已经在岛上，这个冷血的浑蛋，却还在杀人！！！

杀人之外，还"玩"密室，你是老几呀，你那智商配玩密室吗？！

更让女警官心碎的是，关于这个孩子，还有一个重大的秘密……

法医查验死者头顶的伤口情况，初步判定，这就是致命伤。叶警官俯视小啸的脸，从紧闭的眼睛，到鼻子、嘴巴，最终把视线落在那双白皙修长、指甲干干净净的手上。

这孩子，就是用这双手，做出世界上最美味的食物。

“至于凶器……”女法医摘下手套，“和第一桩案件，一致。”

“也就是说，可能是同一个凶手！”

叶警官冲出停放尸体的集装箱，把空地上的沙子踢起老高，眼睛里面的怒火，就快把整个气垫浮岛彻底点燃！

2

螺旋桨卷起的海风，把小广场上每个人的头发，吹成乱蓬蓬的鸟窝。

海鸟受到惊吓，呼啦一下子起飞，在地面上形成一个圆形区域，沙地的本来模样，这才显露出来。

上午 10：15，裕川介从小鸟直升机上跳下来，戴着一副大墨镜，遮住半张脸。瞧他此时身轻如燕，看来身体已经恢复，紧随其后的还有两位全副武装的男警员。

叶警官迎上去，还没说话，就开始吸鼻子。

“姐夫，这也未免太惨啦！我们还来不及安排他们父子相认，就天人永隔了！”

裕川介拍拍小姨子的手臂，“先别哭，等下慢慢说。”

“我说不出口，真的，姐夫，这实在太残忍……”

“我也很遗憾。”

“我们是死神。如果提前安排直升机把整个小岛上的人撤离，汝先生、小啸就不会死，这都怪我们！”

叶警官明显情绪失控，裕川介只能拖着她，快速回到先前的办公室。

“我们不能太苛责自己。神秘岛主精心设计的小岛，筹备一场嘉年华，不会因为出现几位警察就轻易放手。这些死者有他们的宿命，这场杀戮不发生在F岛上，也会发生在其他地方。他们不是因我们而死，我们能做的就是，帮助受害人找出真相，让他们得以安息。同时阻止凶手再次作恶，让其他人得以生还……”

这段入情入理的安慰并没起作用，叶警官还在抽泣，好半天才把眼睛弄干。

简单应付前来问候的肉经理，对陪同而来的两位警员交代一番，裕川介关上房门，仔细听女助手的汇报——

看来，昨夜今晨，这几个小时的信息量真不小！

裕川介的眼睛躲在墨镜后面，谁也看不清他的真实表情。但瞧他紧紧抿着的嘴角，旁人会误以为他肚子又饿了，又疼了，再不就是下巴又掉了。

来到小仓库，裕川介与法医、法证两位同仁又进行沟通。他仔细查验尸体的每一处细节，是否有老旧伤口，是否有其他危重疾病。并且对凶器可能的材质、形状，伤口的大小、深浅、切入角度及凶手的惯用手法，都做了详细记录。

接下来，裕川介又重新到餐厅、小酒吧、阅览室、健身房等蓝色集装箱区域查看，还特意叫肉经理把岛上的酒类和食品采购清单、书籍清单和健身设备清单拿过来，一个人坐在小广场旁的长凳上仔细研究。

从警服口袋中摸索出初一上午叶警官打印出来的人物关系表和背景调查，裕川介在一个白色的小笔记本上，“唰唰”地做着记录。

只见他一会儿画图，一会儿写字，一会儿沉思，一会儿转笔，那副专注的模样，和之前完全判若两人。

偶尔有工作人员和客人经过身旁，但没人敢打扰他。

不久，鸟界“带头大哥”起飞，诸鸟散尽。除了剩下一地粪便，当然还有一具尸体，仿佛它们从没有临幸过F岛一般。

牧慎走过来，站也不是，坐也不是，轻微咳嗽一声，打断裕川介的思路。神探抬头，指指长凳的另一侧，“请坐。”

“有事？”

督察的声音极其亲切，小笔记本揣回怀里。认真倾听的模样，反倒叫来人更加紧张。

“我想，咨询一个法律问题，行吗？”

“说来听听。”裕川介往椅背上一靠，“虽然我不是律师或法官。”

“有‘间接杀人’这个罪名吗？”

“没到网上查查吗？花上几分钟就有答案——我猜你是指间接故意杀人罪。”

牧慎苦笑，那就是有了，我不杀伯仁，伯仁却因我而死。

“找我，是想清楚了吗，准备坦白？”裕川介丢来一只卷烟，就像对老朋友。

“什么？”

“作伪证。”

督察迅速结束两人之间的扯淡，直切要害，但还是凑到近前，啪一声帮牧慎把烟点上。牧慎这次终于，把烟挂在嘴唇上。

“兄弟，你不找我，我也会找你。”

裕川介吐出三个烟圈，前两个竟然套在一起，第三个刚形成就消散了。

“我没杀人。”

“知道你没杀人，但你撒谎误导我们。如果不是这样，第二位和第三位受害人，现在也许还活蹦乱跳。”

“我早就过了那种别人对我说一句 NO，我就想杀掉他的年纪。”牧慎把烟掐灭，仿佛这样能进一步证明自己的清白。

“但你就算 100 岁，也依然会撒谎。”

“您有证据吗？”真是老掉牙的台词，但牧慎也不得不说。

“没有。”裕川介捧着下巴，津津有味地拨弄着胡茬儿，“但我有绝对把握，几小时之后，你就会主动找我。我只是纳闷儿，你怎么提前了？”

“因为那个孩子。”牧慎眼神黯淡下来，“第三位受害者，小啸，不错的孩子，怎么就会被人害死，我很痛心。”

“让我们悲痛的，可能还在后面。”

裕川介的目光盯着不远处摆放尸体的小仓库，声音听不出感情。

“不过，除非您自己破案，否则我什么也不会说，毕竟警方不能屈打成招。我暂时还有苦衷，不能完全向您坦白一切。”

裕川介摆手，“别勉强你自己，没事，我其实已经知道真凶身份，F 岛的秘密，我也将全部揭开。”

“好，那还需要我做什么？”牧慎挺真诚的。

“你后面还有戏份呢！”裕川介用力拍拍牧慎每年用来敲钟的肩膀，“说不定，还是主角呢！”

叶警官与另外两位新加入的警员，按照裕川介的指示，在岛上展开调查。

裕川介手握白色的小笔记本到处晃悠，不时停下来做记录。

肉经理按照督察昨天的喜好，隔一会儿就让薇小姐送来食物和饮料，裕川介照单全收，却没人见他再吃一口。

船务公司传来消息，由于拖船临时出现故障，正在紧张维修，抵达时间将继续推后，预计将在大年初二，也就是今天下午出发，午夜之前追赶上 F 岛。

“请少安毋躁。”

船务公司老板在电话里向肉经理致歉，开了免提，裕川介也听得清楚。

“没事。”裕川介耸肩，“客人们都没什么情绪，我们也不躁。再说，急也没用，只能再等等。”

“姐夫，拖船不来，岛上不会继续发生案件吧？”叶警官皱着眉头，眼睛也挤成三角形。

“不排除这个可能。”

“那怎么办？我们警方人手不足，还是多派一些人吧！”

“又不是打群架，要这么多人当饭吃？”

“那我们就任凭凶手在岛上嚣张吗？我们总要做点什么！”

“你确定，我们必须要‘做点什么’吗？”裕川介看着肝火正旺的小姨子。

女警官的头，像海鸟啄食一样，点个不停。

“既然如此，就请召集所有人到小广场吧，我有重要的事情，要宣布。”

3

裕川介戴着大墨镜，穿着笔挺的督察制服，肩章闪闪发亮，站在小广场的舞台上。其实他的个头并不矮，甚至比一般人还高大，没必要站这么高。但叶警官和其他警员知道，这是督察在特定情况下需要摆出的威严和庄重。

肉经理殷勤地递来一支话筒，裕川介讲了好几句，才发现话筒没开，而他也拿反了，人群里发出阵阵笑声。

笑就笑吧，裕川介也自嘲般咧开嘴，露出整齐的白牙。

按照警方要求，岛上的工作人员和客人全部聚集之后，患有神经性贪食症，重病一夜刚刚恢复的介督察终于开腔，话筒这次有了声音：

“各位，我为岛上发生的一切深表遗憾，三条生命，随着我们身后的浪花逝去。同时，如此美妙的海上旅行就要提前结束，也实属遗憾。也许，我们一生再也难有机会，拥有这样的浮岛体验。作为警察，我们没有在第一桩凶案发生之后，斩断凶手的黑手，更是歉意至极！”

这段极其娴熟，又与督察身份相得益彰的开场白之后，裕川介朝众人深鞠一躬，台下终于没有了笑声。

叶警官暗自放心，姐夫今天状态不错。

“昨晚，我险些成为第四位受害者。”话锋一转，裕川介的脸色也变了，“嗨，那几位朋友，请不要用手机摄像和拍照！”

最后上岛的两位男警员，立刻走到正举着手机的客人面前，请其暂时收起。

“手机是好东西，手机依赖症却不好。”裕川介又笑，摆出平时对自家儿子的语气，“咱们难得聊聊天，认真听听多好，也是交朋友的好机会。”

聊天？交朋友？

叶警官抬头瞧着姐夫，感觉不对味儿，又不知道“老板”的葫芦里装的什么药。

“我不是食物中毒，是有人在几小时之内给我连续下了强力泻药！这剂量超出常人承受能力的 10 倍，如果送医不及时，我现在已经躺在小仓库里面。”

听到这话，人群中一阵小声议论。

“但大家可以放心，你们在岛上的餐食都是安全的，下毒者针对的人是我，这算是私人恩怨！”裕川介振臂一挥，“给我下毒的，你们猜会是谁？”

“凶手！”

“杀人凶手！”

马上就有客人大喊，此起彼伏，看得出，这些人的配合度都很高。

裕川介用左手的拳头敲击右手手掌，接着竖起自己的大拇指，为答对的客人点赞。

“不得不说，神秘的凶手大人，让你老失望啦！”

裕川介夸张地笑起来，摘掉墨镜，“我还得感谢你呢，送我这么一对黑眼圈。回陆地的几小时，我可没有在医院里挺尸，感谢你为我争取了最宝贵的时间，让我锁定你的真实身份！”

“我！知！道！你！是！谁！啦！”

有客人在底下兴奋地起哄，开始吹口哨。

裕川介叉着腰，像小狗找地方撒尿，在台上窜来窜去，“你要杀我可以，我也不会让你好看！警察也是人，也有报复心理！除了把你送上断头台，我还要把你的罪行，公，布，于，众！我要开媒体发布会，到处接受采访，让你和你的家人身败名裂！你和我搞咯。”

叶警官皱着眉头看着姐夫，不记得他什么时候喝了酒，但他此刻的状态，已经有点要酒疯的调调。

果然，肉经理和一众工作人员也面面相觑，牧慎、糖小姐和夕小姐等客人表情复杂，其他客人们却好像越来越兴奋。

神探，难道应该是这种调皮又任性的模样吗？他不是赝品吧！

“我们做个游戏。”裕川介看手表，“现在是上午 11：45，今天下午 3：00 整，请大家务必记住这个时间，重新回到这里，我将现场指认凶手的身份！你们兴奋不？”

“兴奋！”

“开心不？”裕川介把话筒朝着观众，就像开演唱会一样。

“开心！”台下大合唱。

“那就好。为了开心加倍，下午的推理秀，我将同步到视频网站上，全世界直播。我说过，警察也会报复，你让我的肚子拉得像水龙头，我就要给你点颜色瞧瞧！”

“现在就说吧，我们等不及啦！”有人在下面嬉皮笑脸。

“对呀！”

叶警官知道必须要叫停姐夫——姐姐嫁给他这么多年，估计也没见到他这么狂放的样子，而且还是在公众场合！

虽然不允许别人录像，但他可是督察呀，堂堂警界神探啊。

他怎么能说出这么多和身份不相符的话呢？难道是昨晚的病烧坏脑子了？不对啊，生病的是肠胃，又不是大脑。

叶警官快步走上舞台，扯住督察，小声耳语，“差不多就行啦！”

裕川介还算听话，立刻收住，原地站好，脸上重新挂上笑容，“我再最后一次提醒，今天下午3：00，还是这里，我们不见不散！”

在欢声笑语中，小广场的人群逐渐散去。

天气晴好，海上风浪平和，正好适合户外运动，打高尔夫的，上下翻面儿晒太阳的，结队捕鱼的，绕圈瞎溜达的，到处都是人。

F岛上的客人，就像度假酒店正午准备退房的人，抓紧上午的时间，拼命享用岛上的设施，能多赚一点是一点。

“姐夫，你疯啦，怎么胡言乱语，这样不好吧！”

四下无人，小姨子开始训话，裕川介却一副不痛不痒的模样。

“没什么不好，我被激怒了，发泄一下，就这么简单。”

“发泄一下？你可是警察呀！警察的天职就是抓坏蛋，凶手和我们是天敌，他害你虽然不对，但也情有可原，你把他绳之以法就行，干吗非要像小孩子一样置气？”

“你管我啊！”

裕川介不想多解释，一扭头走开，剩下叶警官原地怄气。

4

午餐十分丰富，由于岛上的食物大部分被搬出去喂鸟儿，这顿以海鲜为主，都是客人们刚刚自己撒网捕到的。

F 岛上的厨师那水平可不是搞笑的，新鲜海货，往笼屉上一丢，大火开蒸，调上各种蘸料，几分钟就得。

再看满桌子的蔬菜、水果，就是没有肉肠、排骨之类的荤菜，好在酒水无限量供应。这实在让人诧异，F 岛上究竟带着多少酒？一路上也没有补给，但酒就好像喝不完。

还是裕川介一语中的——因为鸟儿不喝酒呀！

是的，岛上备足七天的食物，没想到提前返程，不如给海鸟吃掉。但是人家海鸟不喝酒呀，酒就被剩下了。七天的酒，两天半来喝，那不就是绰绰有余！

牧慎也被警察的分析逗笑，多简单的答案。

裕川介主动邀请牧慎一起午餐，又请来夕小姐和糖小姐。两位小姐心不在焉，两个男人便叼着烟卷，在角落里小声交谈。肉经理不时过来服务，特意安排薇小姐站在旁边，等待督察的随时吩咐。

酒过三巡，菜过五味，再没有花样呈现，各人道别回房。

下午 1：30，最后一位客人走出餐厅，午睡正当时。

下午 1：45，周围静悄悄的，整个小岛陷入梦乡，甚至比午夜还要安宁。

蓝色集装箱区域一楼裕川介的临时办公室兼休息室，房门四敞大开，警察团队刚开碰头会，商量拖船到来之后的安排。

下属刚走，裕川介的眼泪和鼻涕就止不住，打了几个大哈欠，懒洋洋地往床上一倒，手枕着戴手表的这侧胳臂，两秒钟后就开始打鼾。

嘀嗒，嘀嗒……

表针的转动就在耳边，裕川介却睡得格外香甜。

海风，从房门径直吹进来，与露台的门配合，形成一个顺滑的通道。

一个人影儿，从集装箱外墙的边缘溜出来，蹲在太阳照射形成的影子里，左顾右看。

确实没人，事不宜迟！

这人果断潜入裕川介的房间，轻手轻脚，竟径直朝着床上的督察而来。手里，是一把磨得锋利的刀子！

裕川介的呼吸十分均匀，仰面躺着，不时有微小的鼾声。

举起刀子，马上就要刺扎进去！这紧要关头，裕川介却突然翻个身，背对着门——这可把来人吓得魂飞魄散，手中的刀子差点掉在地上。

不过，此人十分冷静，立马蹲下，隐身在高高的床腿下面，身子缩到床底下。

失败！

这样的刀子，不能从后面刺穿心脏，更何况对手还是高大健壮的男警官！早知道就应该趁着他仰面，朝颈部的气管和大动脉下手，而且必须一刀致命，没有第二次机会！

短短几秒，此人的内心快速翻转：

今天太冒险了！自己的考虑实在不周全……

他如果醒来，立马就会变成比自己更专业的“杀人机器”，那真是陷入万劫不复的境地！

但是，不杀他怎么行？！他已经知道自己的真实身份，还要大张旗鼓地公之于众……

虽然可以放心，介督察不会醒来，因为他的食物和饮料里被掺入大剂量的安眠药。但是万一，突然有其他人进来呢？

看来，还是先放弃，躲一会儿看看情况再说。

想到这里，人影儿退回大门口，一溜烟地缩回到墙角的阴影里。

裕川介还是被惊醒，揉揉眼睛，只听见叫喊声由远及近，房间外一阵闹腾。

看手表，下午2：45。

“介督察，不好啦！着火啦！”

薇小姐慌慌张张地跑进来，制服的胸口处又崩开，不过里面还有一件黑色的打底衫。

“肉经理让我通知您，赶紧来看看呀！”

裕川介跳下床往外跑，与迎面而来的叶警官撞了个满怀。两人一起跑出去，不远处的小广场上，有烟冒出来。声音就是从那边传来的，几位穿红色制服的工作人员拍打着火苗。

着火的是木制的矮柜和搁架，上面盖着毛毯和羽毛枕头，地上有一大团黑漆漆的灰烬，已经看不出是什么物体，肉经理边扑火边向警察汇报——

应该都是仓库里的备用品，不知被谁搬到这里，浇上柴油。

柴油也在仓库，装在几只大桶里。F岛上的发电设备十分完备，基本靠太阳能，还有集装箱屋顶的小型风力发电机和气垫下面的小型水轮机补充。以防万一，传统的柴油发电机还是配了几台。

但是，F岛千好万好，致命缺陷就是怕着火！

沙土、草坪下面是复合材料板，这种板子的防火性不好。板子下面就是大型气垫，气垫是防火的复合橡胶材料制成。虽然防火，但如果局部区域过热或者有损毁，破坏了整体气压的均衡，着火点附近就可能爆裂。

F岛是精确计算过载重的浮岛，一块气垫破裂爆炸，海水将涌上小岛不说，整个岛也会因为失去平衡侧翻，甚至沉没！

总之，别废话，快救火！

众人埋头苦干，好在沙子和水充足，齐心协力，几分钟就把火扑灭了。

“谁这么无聊?!”叶警官擦擦汗。

裕川介笑而不答。

出现这么个小插曲，原定下午3:00的“神探推理秀”，暂时取消。不少已经聚在广场的客人，看着还在冒烟的沙地，悻悻而归。

最后上岛的两位警官一直忙碌着，终于小声向上级汇报，裕川介微微点头。

法证按照裕川介的指示，沿着小岛周围细细查看，终于在果岭旁边的矮树丛发现属于第三位受害者的血迹——这里应该是死者遇害的地点。由此看来，他应该是被运货的小推车运到小岛边缘，丢进织网中。

小推车在仓库外的空地上被找到，和其他同类并排放在一起。车子被清洗过，上面有微弱的血迹反应，但指纹相当杂乱，还有擦拭痕迹。

警方不会轻易放松检查，法证把小推车带回仓库，用放大镜，一毫米一毫米地仔细查看。

在警方的要求下，岛上的医生认真清点上岛时携带的药品。果然，有好几种药品丢失，包括一包创可贴，一包脚气粉，两瓶川贝止咳糖浆，三板感冒药，一瓶安眠药和小半瓶泻药。

裕川介打个嗝，自我感觉空气中充满泻药和安眠药的怪味儿。

肉经理带着水果来敲裕川介的门，告知他一个坏消息：

拖船队在过来的路上又出现故障，预计抵达时间继续顺延。既然没个准信儿，干脆也别推算到达岸边的时间——这真是没办法的事情！

“都听你的。”

裕川介咬着牙签，斜着眼睛抿嘴笑，一副完全不在乎的模样。

“可能，有人还没玩够，并不希望我们早点回去。”

叶警官接过果盘，放在矮柜上。这里并没有装饰品。

“原计划初二晚上，也就是今天，是什么节目？”裕川介问肉经理。

“除夕夜是新年嘉年华，初一晚上是烟花化装晚会，今晚想给大家放放假，晚餐是自助餐，然后将举行五场小活动，大家可以按照兴趣参加：阅览室是读书分享会，岛上有位作家；影音室放一场新电影；健身房有瑜伽课和趣味比赛；棋牌室是桥牌比赛；球房有斯诺克比赛。”

“周到至极。”裕川介不禁感叹F岛的服务，“既然客人还要在岛上过一夜，就按照计划进行吧！”

“不会有危险吗？还会有凶案发生吗？”肉经理也不乏担心。

裕川介拿起一个苹果，看看红润的果皮，用牙齿尖咬一小口，“如果凶手还想犯案，即使客人待在房间，也未必安全。把人聚在一起，便于我们观察。”

“我还有个问题——既然您已经破解案件之谜，锁定真凶身份，为什么不干脆说出来？这样大家也能安心，安全也会得到保障！”肉经理很真诚，也很急迫。

“现在还不是时候，兄弟。”

裕川介放下苹果，直视眼前这位头发斑白，目测年龄远远大于实际年龄，一路上为大家辛苦服务的牛内经理，有点动情地补上一句：

“到时候，我会第一个告诉你……”

5

裕川介今晚没去餐厅，特意请肉经理安排薇小姐，帮忙把饭送到房间。

叶警官晚饭后与姐姐视频，等放下手机，发现姐夫已经没影儿啦。

绕着蓝色区域集装箱刚走小半圈，就听到棋牌室里传出警察署裕川介督察的大笑。这笑声掺杂着一群中年女人的叫嚷，不像在做什么好事！

果然，半只脚刚进门，小姨子就看到姐夫被七八位大妈围在中央，穿着便装，正撸起衬衣袖子与妇女们轮流掰腕子。

一位有粗壮手臂的花裙子大姐端坐在裕川介对面，蒲扇一样的大手和督察握在一起。两人的脸憋得通红，正在用力想把对方掰倒。

裕川介坚持不到 10 秒，右手就被重重砸在桌子上。妇女们欢呼起来，这个没用的男人！

“还比吗？还比吗？”

紫色上衣的大姐叫号，马上又有一条粗胳膊伸过来，“换我，换我！”

裕川介重整旗鼓，紧紧钳住对手带着硕大祖母绿戒指的右手，又开始龇牙咧嘴起来。

叶警官气不打一处来，姐姐不在身边，这位大爷就敢公开和一群妇女勾搭！

而且现在是什么节骨眼呀，三条人命啊，凶手就在岛上，随时可能继续杀人，他还有心情玩得这么嗨。

估计还是吃多变蠢，要不就是拉肚子拉坏！中午他发癫，在台上胡说八道，现在又和老娘儿们鬼混。他连那个汝先生都不如，哪里还像什么神探！

裕川介终于险胜一局，解开衬衣扣子，露出里面的白色小背心。擦擦汗，现场开一瓶啤酒，狠狠灌一大口，这才看到小姨子阴沉着脸，坐在旁边。

“几个意思，你也想掰？”

“我可没那闲心！”叶警官挪挪屁股，把脸对着门口，“我还要破案去呢！”

“那你去破案，快去吧。”

裕川介指指门口，没心没肺地咧嘴笑。大姐们在旁边的桌子已经摆上扑克牌，正催促着督察“跑得快”。

“你有孩子要奶吗？干吗解扣子？”

“这么闷热，你竟然感觉不到啊？”裕川介像见到一只怪物，挥着手驱赶，“哪儿凉快，你哪儿待着去！”

叶警官没办法，站起身，赌气地跺脚，转身离开棋牌室。只听到一位大妈问裕川介：

“她不高兴了，是你女朋友呀？”

“不是。”裕川介伸手摸牌。

“是你女儿？”

“我哪有那么老！”裕川介提高嗓门，“别管她，咱们开心玩！”

叶警官终于夺门而出，心里暗骂：“这老家伙彻底病了，泻药毒性真不小，从第二次上岛就不正常！”正暗地盘算要不要把他的“光辉”形象录下来发给姐姐，参他一本，忽然看到又有一群人聚集在健身房，也是连喊带叫。

健身房里男男女女十几位，中间三位光膀子的男人，正在跑步机上飞奔。

“这是干吗？”

叶警官挤进人群，问一位正在带头拍手的女士。她明显是在给中间那位男士加油，但对方可能已经听不清。

他们跑得太快啦，速度达到这种跑步机的最高值。只听见跑步机皮带吱吱响，三位男士已经喘成牛。

“比赛呢，有奖品！”

女警官看一会儿热闹，终于看到左边第一位男士按下缓慢键，他坚持不住啦！人群中嘘声兴起，但更多的是给另外两位加油呐喊。

最终，中间男士如愿获得冠军，女士兴奋地冲上来给他递毛巾，穿红色制服的工作人员送上一份包装精美的礼物。

比赛继续，下一轮开始，这次全是女将上阵，客人们踊跃参加。

做文职久了，有些荒废健身。叶警官暗自责怪自己，便在健身房里摆弄起器械来——

撸铁，力气不够，几下就举不起，只好放下，改玩轻巧的哑铃。

哑铃省力，玩一会儿又单调，只能改划船机。

划几下又觉得乏味，叶警官擦擦鼻头上的汗水，趁没人注意，悄悄溜出健身房。

风疏月朗，F 岛上一片平和。偶尔有落单儿的海鸟掠过天空，再停下来歇歇脚。

年轻的叶警官绕着红色和黄色的集装箱，边走边想心事。

突然！

——又来了，实在是没有办法。

一声沉闷的爆炸，伴随着地震般的颤抖，惊呆这座海上漂流岛屿的每位乘客，也把岛上的海鸟吓得四下逃窜。

与此同时，所有的灯光和电器一起断电，小岛陷入一片漆黑！

客人和工作人员尖叫着，从各个集装箱跑出来，在手机的照射下，惶恐地聚集在一起。

“怎么啦？！”

“哪里爆炸啦？”

“F 岛是不是要沉啦？！”

有人反应过来，拔腿就往自己的集装箱跑，直升机昨天投放的救生衣已经分发到房间，不管三七二十一，先穿上再说！有工作人员跑到仓库，把救生艇也扯出来，几个人合力打着气。

“别慌！别慌！”

肉经理在人群里跑动，安抚受到惊吓的客人，大声吩咐工作人员维持秩序，自己快步来到主控室。

好在这里有独立的电源，值班员全神贯注地盯着监控，调整镜头仔细检查织网，却一无所获。

“哪里爆炸了？！”肉经理问一位精瘦的工程师。

“岛上没有进水，可能是气垫，应该是底层的某一块，可惜镜头看不清。”

“怎么停电了？！”

“爆炸震坏线路，我们已经在抢修！”

肉经理深吸一口气，没再说话。

“目前不清楚水下的情况，也就没法判断小岛会不会沉没。”工程师皱着眉头，“不过您放心，我们会严密观察！”

肉经理还是没吱声，好半天才缓缓说一句：“那就拜托你们了……”

裕川介忍住疼痛，捂住胸口正在流血的伤口，弓着腰，摸黑回到自己的房间。

好在没有伤及筋骨，也没有中毒迹象。法医用应急灯照亮，简单包扎之后，裕川介重新换上警服，直起腰板，外人根本看不出他刚刚受伤。

叶警官也跑回来，见地上的纱布，才知道姐夫竟然受伤！刚才的怨气瞬间就消失得无踪无影，抓起电话就要联系姐姐。

裕川介摆手，“现在是破案最最关键的时期，也到了该收网的决胜时刻！我们需要专注，还是不要让你姐姐担心为妙。”

叶警官放下电话，看着姐夫脑门上密集的汗珠，颤抖的手指，眼角湿了。

“是谁刺伤你？！”

裕川介摇头，“现在没必要说。”

“是凶手吧！这家伙胆子也太大啦，接连不断地对警察下手！”

裕川介在黑暗中紧闭眼睛，缓慢地调整呼吸，仿佛置身另一个时空。话说，此刻短暂的黑暗，对身心有些疲累的督察，确实是难得的休息。

可惜，正这工夫，来电啦！

刺眼的明亮，弄得每个人的眼睛都花了几秒。欢呼声，在小岛上空此起彼伏。

裕川介站起身，活动活动肩膀，按压一下伤口，把渗出的血水用纱布吸干，对着小姨子点点头。

“就用这一刀，终结这一切吧！”

6

糖小姐、牧慎、夕小姐、薇小姐及几位兼职大学生，按照警方召唤，来到蓝色集装箱区域。

人都集齐在阅览室，肉经理指挥工作人员给大家摆上红茶、咖啡、啤酒和点心。众人围坐在介督察身边，形成一个不规则的圆圈，不知内情的人还以为是“围炉夜话”呢！

只是这些人眉头低沉，嘴角下垂，没一丝笑模样。有人甚至抱着肩膀，做出防御性的沟通姿态，明显不太情愿。

“刚才的爆炸，吓大家一跳吧？”

裕川介果然又用唠家常式开头，眼角的皱纹配合嘴角的细纹，有种偶尔代班的班主任的亲切。

“确实吓人，毕竟在岛上，还突然停电……”

只有夕小姐搭话，算是给督察一个台阶。

“请问，叫我们来干吗，拖船什么时候到？”

糖小姐转头对视肉经理，刚卸妆的她，眉毛剃掉一半，嘴唇没有血色，很像小仓库里躺着的姐妹。

“是我请大家来的，拖船队在路上，咱们先做两个游戏！”

裕川介脸上堆笑，把椅子向前拖动，态度积极主动。死者家属糖小姐不屑又不满地小声哼一声。

“正式开始吧，诸位。”裕川介可不管谁乐意不乐意，充分行使督察的权力，“第一个游戏，猜猜猜。假设凶手继续杀人，我们这些人中，下一位应该杀谁？”

“你认为谁‘应该’被杀吗？这个游戏非常无聊，我可以不玩吗？！”

糖小姐继续反对，但态度并不坚决。其他人也有点反感，但却没人出来抗议。

裕川介郑重地摆手：“我们绝对不是用逝者取乐，相反，这个游戏其实是破案的重要过程！麻烦哪位带个头，依次发言，谁也别落下！”

没人出声。

“别浪费时间，我先来吧。”发言的竟然是牧慎，“第一位是蜜小姐，第二位是汝先生，第三位是小啸，那么第四位，应该是糖小姐。当然，我是猜的，没别的意思，三位一起来的，又是双胞胎，糖小姐被杀的可能性很大。”

听这话，牧慎的“宿敌”——网红糖小姐忽地站起来，嘴里“问候”着牧慎的母亲，却被叶警官拉着坐下。牧慎迅速低头，假装没听到。

“你敢说我，那我就说是你，下一个被杀的，就是你！”

糖小姐这句话明显是置气，但也算是她的答案。

"我认为，是我自己。"出声的人是夕小姐，她瞧牧慎一眼，"反正，我也无所谓。"

"我觉得，是慎先生。"轮到薇小姐，不过她没有解释为什么。

其他几位大学生什么答案都有，有说是自己，也有说是介督察，毕竟他之前被凶手下过药。甚至还有人说是"蜜小姐"。马上有人敲他后脑勺更正，"蜜小姐已经去世啦，还蜜什么蜜，是糖小姐！"

"对，对，是糖小姐。"

裕川介与肉经理耳语，一直站在旁边提供服务的职业经理人只好拉一张椅子，坐进这个圈内：

"做游戏也带着我呀，那我就猜夕小姐——冒犯啦，别介意，美女！"

"美女"夕小姐朝肉经理礼貌一笑，不过这笑容立刻就收起来了。

裕川介对众人的回答表示满意。说话间，解开自己的警服上衣，露出纱布，展示给大家。众人见督察受伤，都惊诧起来！

"你们猜得都很好，可大家不知道吧？"裕川介艰难地扣上纽扣，抚平制服领口的褶皱，"凶手完成了三件凶案，下一个目标竟然变成我。或者说，从上岛到现在，我一直是凶手的重要目标，他想尽一切办法赶我下岛，甚至最终想要我的性命。"

"话说您是警察，凶手怎么胆敢真对您动手？"有兼职大学生提问，刚才就是他猜中凶手接下来想杀介督察。

"这与我使用的某种手法有关，稍后我会详细告诉大家。现在呢，我们要先做第二个游戏，真心话大冒险！"

这次没有人反对，毕竟裕川介的伤，明晃晃地摆在这里。

"夕小姐，就从您开始。"

"我，为什么是我？！"精心装扮的中年女士面露不悦，"那你问吧。"

"你在慎先生的房间里看到什么？为此你们还趁夜深人静跑到外

面吵架。”

夕小姐开始迟疑，叶警官立马朝她坚定地摇头，这是“不要撒谎”的郑重警告。

“一把手枪。”

“放在哪儿？”

“他的行李里。”

“您翻他的行李干吗？”裕川介直截了当，牧慎也盯着夕小姐。

“好奇。”

“只是好奇？”裕川介终于收起最后一丝笑容，“两次因盗窃入狱，离婚时被剥夺孩子抚养权的夕女士，您仅仅是因为好奇吗？！”

哇！一阵小骚动。众人齐刷刷看向娇小的女客人。

一张脸涨得血红的夕小姐，好像被当众扒光衣服，沉默几秒，却笑道：“我承认，我是打算翻出点值钱货……”

听闻这句话，众人惊呼不断。真没想到啊，这位衣冠楚楚的优雅女士，竟然是混迹人群中的惯偷！这个真心话大冒险果然有料！

“新年嘉年华有高昂的入场费，如果您希望到这里偷东西，成本未免太高吧？”叶警官打断众人，插话发问。

“钱，不是我出的。”

“谁出的？”

“我前夫。他在新年之前，托人给我带话，说怜悯我一个人寂寞，不如让我参加一个热闹的狂欢，他有免费名额。而且这里还能相亲，据说都是有钱人……”

“所以，您就来嘉年华？”

“对，正好手机上也看到广告，我认为靠谱。”

“来的时候，就打算顺手牵羊吗？”牧慎补一刀。

夕小姐好像受到刺激，嗓门提高起来：“我一方面想来狂欢，另一方面确实想和有钱人相亲，但我没想偷东西！偷窃是我的疾病，主观上我并不想这么做。只有在条件充分的情况下，我才控制不住双手——送你回房，行李就那么明摆着，你又醉得死去活来……”

牧慎摆出一个“倒怪我咯”的无辜表情。

“当时几点？”裕川介继续发问。

“电视里刚敲钟，半夜 12 点。”

“是慎先生邀请您到他房间的吗？”

“不是，我见他喝醉，不想让他一个人睡在长凳上着凉，就扶他回来。上岛后我首先留意到的就是他，他拎个帆布包，穿件破牛仔服，看着一副寒酸样，但按照我的经验，很多真正的大富翁都低调至极，生怕人家知道他有钱。我一直留心，就记住他的房间号，打算有机会时主动点……”

“发现枪之后，您是什么反应？”

“我吓一跳，转身就跑回房间，心里纠结着要不要报警。但因为我有案底，报警对我并不利，可能会惹祸上身。”

“您和慎先生再没有交集吗？”

“有。”夕小姐搓着双手，“凌晨一点半，他突然跑来找我，拼命敲房门，我没给他开。”

“时间准确吗？”叶警官正在做记录。

“我在看电视，屏幕上有时间，没有错。”

“他待了多久？”

“差不多一小时，他赖着不肯走，一直耗在门口，质问我为什么翻他东西，我才知道他在包的拉链上做了记号——这样心眼多的男的，挺讨厌的。”

“为什么不给他开门？”

“酒气冲天，语无伦次，我怕他伤害我……”

“后来他怎么肯走？”

“我见他闹腾太久怕他累着，就在门这边吓唬他：如果他再来烦我，我就喊非礼……”

“你还挺关心慎先生的。”叶警官斜夕小姐一眼，“他有枪，你不怕吗？”

“男人的枪，难道只是用来打女人的吗？”

夕小姐说完，现场听出双关语的人，都偷偷坏笑起来。

“很好，您先休息一下。”

裕川介转向牧慎，“该您啦，亲爱的慎先生，您应该也要说点什么吧？不过我问您答，因为您不怎么爱说话。”

众人目光齐聚牧慎，看得出他有点紧张。

“夕小姐说的，都是实情吗？”

牧慎点头。

“枪，是您的吗？”

“不是……算是……”

“到底是不是？”

“是！”牧慎坚定回答。

“慎先生，非法持有枪支，这不是小罪名。”叶警官小心提醒。

“那你们就抓我吧！”

牧慎的背用力弹起，之前他一直歪在椅子上，那是腰椎间盘突出症患者的常见姿势。

“抓不抓是后话，先别急，我只是好奇，您在袒护谁？竟然愿意为这个人，背上这么严重的罪名。”

裕川介摸出一支卷烟，本想点上，看周围有女士在场只好作罢，但还是扔一根给牧慎。牧慎接住。

“没有袒护……”牧慎语气缓和，细长的手指捏着烟蒂，“就是我带来的，防身用。”

“门口有安检，你是怎么带进来的？”裕川介接着问。

牧慎答不上来，只能低着头。

“你带不进来，这是F岛的唯一入口。”

“所以，我们必须假定存在一位X先生或女士。为了方便，假定是男人，帮助您把手枪带进来，而他也不能走过安检，对吗？”

裕川介站起身来，像玩丢手帕游戏一样，慢慢地沿着众人围坐的椅子，闲适地散步。牧慎一声不吭。

“我甚至可以假定，这位X，就是手枪真正的主人，可以吗？”

牧慎索性闭上眼睛，一副任人宰割、视死如归的模样。

“X把枪交给你，告诉你岛上有危险，必要时你要拿着枪防身，可能也要保护他。你感觉诧异，既然有危险，为什么不赶快离开？X说，现在还不能走，我们要见机行事，我们还有使命……”

“我不认识什么X，我承认确实有把枪。夕小姐硬要和我喝酒，还翻我的东西，我去找她，叫她不要多事，这没毛病！”

“但你没想到，你的房间会有死人吧？”裕川介停在糖小姐身后，双手扶着她的椅背，“你从夕小姐的房间回来，发现自己屋里突然多出一具尸体，你简直吓尿了吧？”

“是的，我就是这个时候发现尸体的……”

“然后，你马上想到和X商量。他来到你的房间，也大吃一惊，因为这不是计划的一部分。你们不能把尸体运出去，蜜小姐是有伴儿的，她和别的客人不同。如果糖小姐或汝先生执意报警，警察早晚会查出你的房间地板有血迹。与其这样，不如将计就计，在里面锁上门，布置成一间密室，你也撒一通谎，先给警方出出难题……”

7

“所以，第一桩案件，不是密室杀人案吗？”

刚才那位兼职大学生又插话。这男孩儿在人群中，有一眼被注意到的魅力。丹凤眼，丝瓜脸，小长发，朝一侧梳过去。挺得笔直的腰板儿，反应十分机敏，气质有点像《名侦探柯南》里的工藤新一。

得到裕川介肯定的答案之后，“工藤新一”难掩无趣的失望。

神探走到他的身后，站住，“我可以先剧透给你，第二桩案件，是真正的密室杀人，凶手使用了非常特殊又巧妙的手法。”

“太好啦！”这孩子兴高采烈。

“你这是怪趣味，别表现出对死者不敬。”裕川介批评。

糖小姐也狠狠瞪过来，“工藤新一”把身子缩回椅子窝，只是竖起耳朵，仔细听着。

“不过，怎么能肯定不是这位慎先生杀人？！”糖小姐站起来，指向牧慎，“我觉得，整个岛上最可疑的，就是这个家伙！”

裕川介示意女士坐下，激动不是解决问题的好办法。

“凶手另有人在。”督察慢吞吞地回到自己的座位，“在指认具体是谁之前，我先证明一下，为什么慎先生不是凶手。”

我们的“工藤新一”又兴奋地鼓掌，糖小姐终于把眼前的茶点丢在他身上。

“首先，慎先生患有腰椎间盘突出症，已经得到法医和岛上医生的证实，原则上没办法搬动酒醉的蜜小姐。就是扶着她，爬上三楼应该也困难。”

“X 先生可以帮他！”

“工藤新一”活学活用，这孩子没有辱没这个外号，开始显露侦探天赋。

“我们没有证据，证明 X 先生这样做。”

裕川介一摊手，好像教授现场教学：

证据链必须要完整，我们才能得出一个结论。毕竟这是杀人案件，凶手面临的可能是死刑，我们不能随便指认无辜者。

还是赶紧揭秘，为什么牧慎先生不是凶手——这与他本人的身份，直接相关。

其实，从双脚踏上这座浮岛，我就感觉十分怪异！

你们难道不奇怪吗？只要稍微动一丁点脑筋就会发现，F 岛不应该叫浮岛，而应该叫“怪岛”才对：

岸边的沙滩公园拖到深海里，耗费巨大，却是一笔赔本买卖！

发生命案之后，手机、网络不通，拖船队不来，直升机不能停，救生设备没有，客人们却不急不恼，除了夕小姐，没人吵着回家。

81 位客人，除了几位主角，形形色色，都是成年人，却没有一个人喜欢打麻将，这在我们的国家简直匪夷所思！

太多的不自然、不和谐，一下子就把我的注意力，从凶案吸引到小岛本身上。我有种强烈预感，只有揭开 F 岛隐含的全部秘密，才能破解连环杀人案件。

于是，我调转方向，开始认真观察每个人，在叶警官的帮助下，搜集调查所有人的背景信息，不管是客人还是工作人员。

此刻，我们有一个惊人的发现！

这也就是我为什么能在最短的时间之内锁定凶手，使用的就是，排除法。

首先，我把“演员”排除了，对！群众演员……

在此，不得不暴露一个极其私人的爱好——我，裕川介特别喜欢在影视剧里寻找“穿帮”镜头，并乐此不疲。

最初这样做，只是锻炼作为警察的观察力。

我承认，做这件别人眼中无聊的事儿，慢慢地就开始上瘾！

我通宵达旦地趴在电脑或电视机前面，一帧一帧暂停画面，试图找到每个画面里的不合情理之处。

在古装剧里，我发现数不清的皮鞋、手机、汽车，还有空调。现代戏里，我揪替身，死磕场景转换时，道具使用的不一致。我甚至比导演更熟悉他们作品的每个细节，哪怕是站在角落里最不起眼的角色，我也会用放大镜，从头到脚地琢磨几遍……

上岛之后，我第一眼就看到牧慎先生。

惊喜呀！

好吧，看来要向大家隆重介绍“犯罪嫌疑人”慎先生的真实身份！

——牧慎，是这位先生的艺名，他是一名演员，曾经出演过很多名不见经传的小角色，也做过替身，尤其在武侠片和武打片中。

我纳闷至极，为什么大家认不出他，他参演的影片可真不少，甚至包括一些耳熟能详的大片！

可能你们的注意力，都被带着主角光环的人物吸引。

这位演员几岁便被父母送到寺庙中学习功夫，他十分刻苦，武功基础扎实，也精通国学经典，这塑造出他与众不同的侠客气质。

当然，演员也可能杀人，如果岛上只有一位演员，我不会排除他的嫌疑。但是马上，我又在F岛的各种角落，看到一张又一张熟悉的面孔。

哇！

这种快感，绝不亚于阿里巴巴发现巨大的宝藏。

在《食代大侦探》里演客栈跑堂的，你们记得吗？他后来在集市上骗钱，被男女主角暴打一顿。戏份不多，但这位演员可是真正的老戏骨！还有《啊！从天而降的男神们》里演变态女校长的，逼着男主角离家出走，眼角眉梢都是戏的女演员。还有那个谁，总是女扮男装的，哎呀，太多戏里都有她。

我抑制住内心的激动，也没有冲过去找大家签名，只是在凶手名单上，把这些“演员”逐一排除掉。

我可以确认，牧慎及其他演员到这个岛上，应该是受人雇用，在这个漂浮的小岛所化身的舞台上，扮演着配角和群演的角色。

就这样，我使用自己的“排除法”，将这些演员和 F 岛上真正的“主角”分辨出来。再加上叶警官对岛上每个人的背景调查，就基本可以确认。

演员牧慎先生肯定不会杀人，他所做的一切，应该是按照剧本事先的安排。

本来一切按部就班，但房间里突然出现的尸体，让他乱了阵脚！

他很想对警方坦白自己的真实身份，但又鉴于自身的“职业操守”，在“导演”没有喊停的情况下，只能咬着牙，硬着头皮演下去。

所以，第一桩案件里的密室，其实不存在。

不过各位，我很遗憾地告知大家，除了慎先生——此刻在这间集装箱里的朋友，你们没有被排除。包括我们的三位受害者，至少，你们都不是群众演员！

听到这里，一直佝偻着背的牧慎，总算轻松下来。他长出一口气，脸上露出算得上好看的笑容，声音瞬间换成另一副模样：

感谢介督察，您可是救我于水火呀！

如果早知道这次的角色这么艰难，甚至还卷入连环凶杀案，我肯定不会接下来！

的确，我从小在寺庙习武，现在开一家健身武术馆为生，偶尔在影视剧中客串。近几年，由于腰椎间盘突出症，跳不起打不动，我已经很少参加演出，在武术馆也只负责行政事务。

某天，我接到一通电话，有人邀请我参加一场叫作“新年嘉年华”

的电视转播活动，请我“特别演出”，但没有任何武打动作，还给出非常高的“出场费”，我就答应下来。

不久，就有剧本和一件破旧的牛仔外套通过快递寄给我。

剧本上清楚地写着，这是一场舞台戏剧表演，请我扮演好自己的角色，务必穿着这件外套。如果有其他演员和我“对戏”，随性发挥就行。接着，又有5万本地货币打给我，请我取出现金，交给前台的接待小姐。

就这样，我按照剧本要求，在除夕中午12点之前，赶到沙滩公园。

上岛之后，我确实有点疑惑，因为没有看到摄像机。但一想到现在的综艺节目那么多，为了博眼球，制作单位也是花尽心机，也许这就是节目的“噱头”吧。想到这里，我也不太在意。

嘉年华狂欢和各种人物的出现，对我并没影响，我以为大家都是演员，我甚至还见到多位曾经合作拍戏的朋友。这下我更加确认，大家都是按照各自的剧本在表演。可能就是这样，这档节目才有趣，我便也“随性发挥”。

比如手枪，就是我的另一个重要道具，藏在接待室旁边的灌木丛里。剧本中的情节，我需要紧密地围绕着牛仔服和手枪展开表演，这是我的表演核心。

直到我看见尸体，这才恍惚从一场梦境中醒来——

我完全惊呆，一场戏剧中可以有“死人”，但不能有人真的“死去”！

我想联系雇用我的人，但却发现手机没有信号。等我能拨通电话，号码已经是空号。

我说的每句话，都是真的。

8

听完牧慎的陈述，阅览室好像扔进一枚怪味炸弹，大家的脸上是闻到气味之后的五颜六色。

“慎先生，您是位好演员，唯一遗憾的是，您入戏太深，直到现在也不肯把全部的实情说出来。”裕川介来到牧慎身后，双手亲热地搭在他的肩头，“为什么，不讲讲 X 先生呢？”

“哪位 X 先生？”

“给你枪的人。”

“这不重要吧，这是演出的一部分，他也只是按照剧本和我对戏而已……”

“对戏？用一把真枪和你对戏？别告诉我，在那么多片场待过的资深群演牧慎先生，您分辨不出真枪和道具枪。”

说话间，裕川介从口袋中掏出一把手枪，走到阅览室的门口，朝天空猛然射击，吓得房间里的女士同时捂住耳朵。

“这就是你们的宝贝儿，嗓门挺响，威力也很大呢！我已经从你房间露台的花盆里拿回来，你站在那儿一上午，就为了守着它。法证做过检查，套取全部指纹——当然，狡猾的 X 先生没留指纹。”

牧慎又开始不出声，气氛重新变得诡异。

“我们的演员牧慎先生刻意隐瞒，这代表着您预先就知道 F 岛的秘密，至少是一部分。你同时也知道 X 先生扮演着比自己更重要的‘角色’。不管有没有剧本，牧慎先生都在暗中保护 X 先生，如同他忠实的保镖一样！”

听到这些，所有人都把目光聚焦牧慎，又来集体“扒光”他。

“甚至，我可以大胆推断，X 先生就是整部舞台戏剧的导演，他可能，就是神秘的岛主大人！”裕川介再爆猛料。

这句话，如同一块巨石砸入沉疴已久的烂泥塘，阅览室里的一众人，浑身溅满泥点子，却全体生龙活虎起来——

“岛主，原来X先生就是岛主！”

“那么，慎先生就是帮凶啊，他可能也是凶手之一！”

“岛主就是杀人凶手，抓住他，案件就破解啦！”

……

裕川介打断一群“神探”的七嘴八舌，重新主导这场不断走向高潮的推理秀：

想找出岛主，可没那么容易！

这不是到警务大数据库和网络上搜索一遍，就能轻松办到的事。

我们的凶手大人，甚至从构思整个新年F岛开始，就隐瞒自己的真实身份。再像一场连下几个月的暴雨一般，洗净所有可能留存的线索。

甚至为了混淆视听，他还故意诱导我们怀疑汝先生，叶警官还上了当。

当然，牧慎先生知道岛主是谁，可就算给他架上酷刑，他也不会讲出来！呵呵，我们也不能这样逼供，这是法治社会，只能靠自己分析。

虽然我用排除法，留下这场戏剧真正的主角，就是你们在座各位——你们没有剧本，不知道自己的角色价值。更没有意识到，这座宏大的舞台，竟然就是为你们几位而设置！

但锁定岛主，需要的是绝对的证据！！！

我必须坦白，如果不是一条岛主“故意”留给我们的线索，就算天神附体，我也没本事在这么短的时间找到他！

裕川介从口袋里掏出一个陶瓷小像，奥特曼举着手臂，摆着标志性动作。

"这次回陆地，我长知识啦。原来我眼中这个粗制滥造的小玩意儿，竟然是'高定'！"

裕川介把奥特曼递给众人传看："可能有人已经注意，这是房间矮柜上的摆件。也有人没见过，因为不是所有房间都有。"

"我房间有。"糖小姐叫起来，"我记得，但它有什么含义？"

"我刚讲，这是高定玩具，它的设计者是一位国家级陶艺大师，全世界只有 5 只，每只都不完全相同，都有编号，也都有大师签名。"

"2"夕小姐翻转小像，在底端找到一个数字。

裕川介把奥特曼接过来，摊在掌心："这还要感谢我儿子，一位玩具发烧友。我这位老爹在医院治疗，他见我摆弄这个小玩意儿才给我'扫盲'的。他希望我能送给他，但看来不行，因为这是案件重要的证物。"

"我还是不明白，可以直接点吗？"薇小姐皱眉。

"这个小像，并非是陶艺大师的原创，而是他按照一位孩子的画作，仿制而成。"裕川介叹息，"从现在开始，我们要开启另一段旅程，这是一段伤心往事……"

九年前，我们的城市，发生一起命案。

小学五年级的男孩儿，放学后被楼顶落下的砖头砸中，身亡。警方迅速介入调查，但很可惜，由于一些强有力的"干扰因素"，案件没有侦破。最后甚至被定性为"意外事件"，由物业公司出面做出赔偿。

我不评价警队同仁工作的不力，先回到案件本身来。

这个奥特曼小像，就是这对伤心的夫妻，拿着儿子在绘画班的习作，交给一位当时小有名气的制陶匠人，重现孩子的遗作。成品一共 5 只，一并交给这对夫妻，抚慰他们对孩子的哀思。

匠人随后不断获得国际大奖，被誉为世界级陶艺大师，他创作的陶艺作品不计其数。

某次，他偶然翻出客人留在这儿的画稿复印件，发觉这个孩子画的奥特曼虽然技法简陋，但充满童趣，很有灵性。冥冥之中，受[illegible]种力量感召，便重新烧制一批。

由于名家高定，又是限量版，所以在手办发烧友中掀起一阵收藏浪潮。

只不过为了区隔，这些小像和原作配色略有不同，也没有编号。这都是我儿子告诉我的。

按照这个线索，我们连夜联系上陶艺大师，他欣然同意帮助警方辨认出当年伤心的夫妻——

请岛主大人不要怪罪大师，其实是我们欺骗了他。

他以为这样做，可以有助于这对父母走出多年的丧子阴霾，还表示愿意再赠送一批小像，如果他们愿意接受。

在警方提供的岛上所有工作人员和客人的照片中，他没有发现这对夫妻。毕竟九年过去，有人整容，有人减肥，还有的照片与本人差别很大。正当我们打算离开，大师竟然主动拿出一张合影，原来当年三人拍下照片……

这真是峰回路转！

第一次上岛，我确实还没摸到门路。当听说只有拖船队这一个方案时，我也就顺水推舟，让 F 岛继续漂流，将凶手困在其中。

深表歉意的是，我绝对不是有意纵容犯罪，第二位及第三位受害人的出现，并不是我要的结果。

我没有千里眼和顺风耳，不能洞穿发生在我视线不及区域的一切犯罪真相！在证据还不充分时，再优秀的警察，也需要时间调查——把大家留在海上漂流的“大密室”，确实是我在权衡利弊之后才作出的决策。

而且，有些犯罪，是注定发生的。

就这样，按照岛主留给世人的唯一线索，警方把握机会，找到答案。

第二次上岛，岛主的身份已经水落石出，就是这对夫妻中的一位。虽然模样并非完全一致，但稍微端详，凭我的眼力，轻松就能认出来。

此刻，人就在岛上，现在，就坐在我们中间！！！

但故事还没走到终点，大家用心表演，我也不想残忍地叫停。

如此一场豪华大戏，投资几千万，还雇用这么多演员，伴随接踵而至的凶案，这其中的原因，竟然是一场悲剧做引子——我也为人父母，想到这儿，无法对岛主恶言相加，甚至没有一丝一毫的憎恶。

此刻，我的心情和牧慎先生一样。

我推断，牧慎应该是因为知道岛主悲惨的经历，才愿意来到岛上，帮助他，甚至保护他。所以，即便我这位督察一再逼问，他也不肯出卖自己的朋友。

而且我发觉，岛主，并不能简单等同于凶手，一切要靠证据说话。我唯一能做的就是吸引真凶的注意，让他把我当成杀戮的靶子。只有这样，我才能亲手扼住邪恶的手腕，最终把他送上属于他的断头台……

话说，导演，是片场最忙碌的人，对吗？

而我们辛勤的导演，也一直忙前忙后。对不对，亲爱的肉经理，化身牛内先生的——

神秘的，岛主大人。

第四章　F岛的最后高潮

1

肉经理笑了。当发现所有的聚光灯都打在自己身上时，他露出极度疲惫之后浑身彻底放松的笑容。

牧慎暗自叹一口气，无可奈何，欲言又止。

“没事，兄弟！难为你了，感谢你为我做的一切。”

肉经理朝牧慎抱拳，牧慎站起来，抱拳回礼。

外人看来，这两个男人之间有种深厚的悲情，在无声地交换——

“我认识牧慎先生好几年，算是师兄弟。我曾在他小时候学功夫的寺庙学太极，虽然年纪比他大一点，但他排行远在我之前，是真正的师兄。慎师兄虽然早就下山，但每年都会在新年回到寺里敲钟，拜谒众师傅，而我每年也都在寺里守岁，两人就这样结识，并成为好兄弟！”

牧慎微微闭上眼皮，正是如此。

“我的遭遇，很早便对他和盘托出，他也一直开导我。这次F岛的行程，他自愿帮助我，陪伴我一起度过。当然，我就是X先生，枪是我的，介督察的推断完全正确。”

肉经理起身，安排几位工作人员给大家继续添水，奉上茶点。

令人惊讶的是，虽然他的“岛主”身份已经公布出来，但几位兼职大学生还是赶快起身，欣然按照他的吩咐做事。

这样忙碌一番，大家重新坐定，肉经理也喝上一大口土耳其红茶，才开始讲述自己的故事——

我的本名，不叫牛内，想必警方已经知道我的真实身份。

“牛内”，是儿子小时候给我起的外号，刚进入小学的孩子，认字只看一边。我的本名中间有这两个偏旁。

而“肉肉”，恰好是我给儿子起的小名。所以在 F 岛上，我引导大家叫我“肉先生”“肉经理”，这都是在纪念我的孩子。

而这，也可能是我为儿子，做的最后一件事……

我的儿子因为一块从天而降的砖头而死，介督察已经讲过。

当天，我和妻子接完孩子放学，顺路去超市买东西，一家人正准备做一顿丰盛的晚餐，而灾难就在我们眼前发生。我们亲眼看见，血和脑浆，喷得到处都是……

救护车没到，儿子已经在我们怀里咽气。我无法形容孩子那可怜的模样，和自己与妻子当时的悲伤，我们的世界在那一刻就彻底坍塌！

那天，我穿着一件牛仔服，对，就是牧慎先生穿来的那件，也是蜜小姐死亡时穿的，沾满儿子的鲜血。

我们只顾着抱住孩子痛哭，有围观的好心人提醒，赶快到楼顶看看，能不能抓住扔砖头的人。我于是和保安坐上电梯，冲上楼顶，那里早已没有人影儿！

我妻子当时就崩溃了，令人悲愤的是，网上还有人议论她的哭声。救护车赶到时，她也一并住进医院。

而我，忍着无法言表的悲痛，配合警察进行调查。

我们第一时间找到大厦物业，物业承认这些砖头是前些天修水塔剩下的。但水塔在顶楼的中央位置，砖头绝对不会掉下来，一定是有人移动——这基本是废话。

事发时，大厦还没有完备的监控设备，当值保安说没发现什么异常人物进出，没有任何有价值的线索。

如果当时有监控该多好啊，警察再愚蠢，总会看屏幕吧，凶手马上就会被揪出来！

所以，F岛不装监控，也算以其人之道还治其人之身。这“报复”的对象，其实是警察。

正当我们悲痛欲绝，有人看到，扔砖头的是几名小学生，就是大厦旁边的小学，我儿子也是这所学校的。

孩子死了，必须找到凶手！

得到这条线索之后，警方立刻到小学调查。然而，让我们意想不到的是，警方最终给我们带回来的，却是让我们绝望至极的坏消息——几百个孩子中，竟然无法查出是谁在楼顶，干下这么伤天害理的勾当！

几个月后，警方的调查进入停滞期。

再后来，警方又通知我们，案件最终还是定性为意外事件，物业公司同意给出赔偿……

我们不要赔偿，龟孙子才要赔偿！既然儿子不能重生，我们要的只有真相！

一方面，我要安抚妻子，陪伴她度过最难熬的日子，养好身子；另一方面，我开始一个人调查，这是我这位父亲，必须要为死去的儿子所做的事情。

我辗转找到目击证人，住在对面公寓的文小姐，她已经搬家，据说是人身安全受到威胁，请大家记住这个关键点！！！

我根据文小姐提供的线索：黄背心和蓝短裤，在小学的几百名孩子中进行调查，最终锁定当时在大厦楼顶的三个孩子。

这三个孩子叫什么名字，并不重要，为了方便，我暂且称之为a、b、c，三个男孩儿，同班同学。

我找到a、b、c的父母，本以为会听到道歉，然而他们却异口同声，坚决否认！

换位思考，我可以理解父母的心情，谁也不希望自己的孩子卷入命案！我于是找到a、b、c的班主任老师，希望她能够给我一个公正的答案。

可让我万万没想到的是，这位老师却避而不见，因为她已经为这三个孩子作出强有力的不在场证明——

她坚称事发时，正在学校不远的公园亲自给他们补习功课！

这一刻，我甚至也开始怀疑，文小姐可能看错了，我也搞错了。

其实当时警方也是调查到这一环节才陷入僵局，正是这位老师的证词，让这三个恶魔孩子，逃脱了法律的惩罚……

带着深深的绝望，勉强接受赔偿，我与妻子开始面对漫长的生活。

某一天，我突然意识到：不对啊，文小姐曾经受到过人身安全威胁，这意味着什么？意味着她曾经目睹的，并告知警方的，就是真相！

凶手和家人们惧怕真相，才会惧怕文小姐！

想明白这点，我只感觉天旋地转，一个人在儿子的墓碑前面呆坐三天三夜。复仇的火种，就是在这一刻被彻底点燃！

我告诉儿子，等着爸爸，我一定要为你报仇，找出真凶！

于是，我躲在暗处，偷偷观察a、b、c；无数次，我告诉自己，只要a、b、c现在是善良、懂事、内心慈悲的孩子，我就会放弃对他们的报复。可是，他们没能让我如愿——

这三个熊孩子，在随后的日子，并没有任何收敛和悔改，疯狂地野蛮生长，成为真正的恶魔！

比如a，“黄背心”，因为家境太优越，一直欺凌比自己弱小的学生，是个有名的“学校霸王”。他做的坏事太多，父亲却在高考之前，重金送他到海外读书。谁知他出国后变本加厉，此刻，正因藏毒蹲监狱呢！

还有b，“蓝短裤”，表面乖巧，实际上一肚子坏水！他在父母离异的环境下成长，父亲对他百依百顺。这孩子依靠着不错的皮囊，通过网络诱骗女孩子和他交往，玩弄过后，一脚踢开。现在已经读大学，最大的爱好就是下流偷拍，再上传到色情网站。

c呢，“小吃货”，相对来说正常一点，但也不是什么争气的货色。扔砖头事件后，养父母把他送回当初领养他的外公、外婆家。他妈妈去世较早，父亲不知所踪，他没有读大学，现在码头打工。

您说得对，奥特曼小像，是我故意留下的线索——我确实不信任警方，但内心深处，依旧渴望，会有奇迹出现。

从天而降的，不能只是灾难，还要有正义。

2

“老板，您说的在码头打工的孩子，是不是小啸？！”

又是那位“工藤新一”，他的确思维敏捷。这段时间他与小啸共事，瞬间就能建立联想。一声“老板”，是尊重和信任的昵称。肉经理慈爱地看了“下属”一眼，不置可否。

“奥特曼小像一共5只，所放置的房间，有特定含义吧？”裕川介问岛主。

“嗯。”牛内先生给出肯定答复，“只有5只，我便放在与案件直接相关的成年人的房间。”

肉经理继续讲下去——

除了观察孩子，我更是花费大量时间，暗中观察父母与老师。

我恨这些害死我孩子的直接凶手！

但比起熊孩子，我更恨生育和教育他们的人。作为父亲，我知道谁才是教育失败的直接责任人！

果然，事情总是朝着最坏的方向发展，越来越糟糕，完全符合“墨菲定律”。对我而言，就是“罗森塔尔效应”。

这些熊孩子的父母和老师，更让人厌恶和憎恨！

发生命案，父母对受害者及家人没有任何悔悟，更没有教导孩子承担责任，吸取教训，反而想尽办法帮助他们忘记这件“意外”。

故意杀人，这他妈的叫意外？！

更何况，这些父母和老师，各有各的原罪——换句话，如果不是他们造成孩子畸形的家庭现状，老师自身的价值观和是非观扭曲，并错误地“言传身教”，这三个熊孩子，也不至于邪恶到这种程度！

熊孩子，熊父母，熊老师！

他们侮辱熊这种本性善良的动物，就是一屋子彻头彻尾的浑蛋！

此时，我的人生没有其他目标，只有血淋淋的复仇！

杀人有罪，如果被发现，我必须以命偿命。我也有过纠结，拼命在给这些成年人找出不死的理由，也是在给自己找出生路，但是，我说服不了自己。

一想到儿子的小脑袋，像西瓜一样被砸烂，我就生无可恋。所以杀死他们的，不是我，而是他们自己！

我最初的计划就是：先杀死a、b、c的父母和老师，再杀死那些小害虫，a、b、c……

听到这里，阅览室里的所有人脸色大变，有人冷汗直流，薇小姐甚至不小心打破了茶杯——凶手，就这样露出可怕的真面目！

原来人前和善的肉经理，才是真正的恶魔化身。

肉经理好似完全不在意众人的反应，他甚至不愿意正眼看任何人，裕川介督察也要求他先讲完，于是“岛主”继续——

这里要补充，妻子的伯伯去世，给我们留下一笔数额庞大的遗产。这是我一直追查案件真相的经费，也是F岛得以修建和运营的费用。

F岛，本来是为我妻子建的。

儿子去世，妻子极度悲伤，我们没有太多亲人，新年的时候孤苦伶仃，尤其凄凉。头两年，我们躲到海外，走得越远越好，就是为了远离伤心地。

后来，新年的时候我要到寺庙里，妻子便和友人们继续旅行。但是妻子总念叨，如果有个地方，能和陌生人一起热热闹闹地过年就好了。

因为都是陌生人，没人怜悯我们，没人问来问去，也没有人小心翼翼，生怕触动我们的伤疤。

而且，新年一个人过的人，怕是都有伤心往事和难言之隐吧！这些人在一起，彼此可能会更加理解和体谅对方。

妻子于是想起儿子的创意——

对！新年嘉年华，其实是肉肉的创意，虽然他只有几岁，却已经非常善良懂事。

有一年除夕，我带他去超市买食物，遇见一位年纪很大的流浪汉，缩在超市门口乞讨。儿子好奇地望着他，问我他为什么还不回家过年。

当我告诉他，并不是每个人都幸运地拥有家和家人，也不是每个人在除夕之夜都能享受团圆，肉肉没说话。

几天后，儿子告诉我：他希望长大有钱了，可以修一座岛，名字叫福岛。

这座岛每逢新年都要举办盛大的嘉年华，让每个孤独的人，都能在这里度过新年。

我问他，为什么叫福岛？

他说，就是幸福的岛。

我又问，那为什么要在岛上？

他回答，陆地在新年的时候很热闹，为了让这些孤独的人不难受，干脆到海里的岛上去。在海里，他们自由自在，也会忘记发生在陆地上的烦恼。

所以，我们今天身处的F岛，是我儿子的夙愿——建造一个身体和心灵的港湾，给孤独的人以慰藉。

F岛，福岛，基本是按照我儿子的一幅画来重现的。

红色是新年嘉年华唯一的主色调，在世界上其他任何一个地方，都很难看到这么丰富的红色系列。肉肉认为，红色代表温暖，孤独的人最需要。担心枯燥，孩子又用黄色和蓝色作为装饰。

因为他年纪还小，画艺也不精，还不会色彩的调和，所以都是使用高饱和度的原色。他想画出美丽的城堡供大家居住，可画不好，就想出干脆用集装箱作房子的点子。

岛上有各种设施和娱乐，都是肉肉想象的。沙地是大家一起玩沙子的，草坪是用来玩老鹰抓小鸡的。他特别喜欢看书，喜欢摆扑克牌，讨厌大人聚在一起乌烟瘴气地玩麻将，周末经常陪我到健身房玩跑步机。他自己喜欢玩水，喜欢跟着大人出海捕鱼，高尔夫也会打练习杆……

我完全照搬他的画，最后，这里就成为F岛——用我儿子的岛，为他的死做祭奠，这应该就是完满吧。

说到这里，牛内先生终于流下眼泪……

整个阅览室一片安静，有人也在默默陪伴他悲伤。

为了 F 岛和这次嘉年华，我计划和筹备整整五年。

把主角们聚集到 F 岛这个舞台上，我花了不少心思，但也不算困难。只要诱惑得当，猎物就会上钩。我不打算赘述这个过程，喏，大家已经在这里。

我也伪造了现在的身份，减肥塑身，面部微整容。我在小诊所做的手术，确保不被医疗数据库捕获。我甚至贿赂警务人员，逐条伪造警务大数据库里牛内先生的信息，从出生、婚姻到职业履历，统统都是假的。我已经彻头彻尾变成另一个人。

这都是被逼的！

我曾经有过安宁美好的生活，但却被 9 年前的那个傍晚撕裂！原来的我是什么样，已经不重要……

一边建岛，一边继续调查，竟然又被我发现一个天大的秘密——

当初在楼顶丢砖头的，并非只有三个人，而是四个！

原来一直有位神秘的“d”存在！

只是因为文小姐所站的位置，只能看到其中的三人。

这是几年之后，富有正义感的文小姐主动找到我，告知我的信息，是当初在她家里帮忙的月嫂看到的！

本来月嫂在文小姐的孩子满月就已离开，谁知前段时间竟然在街头偶遇。两位女士聊起文小姐的孩子，月嫂无意中说起，她当时其实也看到了对面顶楼的情况，有四个孩子，其中一个还是女的。

文小姐一再追问月嫂是否看清楚，她说绝对没错。

也就是说，神秘的 d，是个小学生，女孩儿！

这条信息对我来说太重要了！

更令我意想不到的是，月嫂说她看到，就是这个小女孩儿趴在楼顶边缘，扔下一块砖头……

因为怕给自己惹麻烦，当时她没讲出来。但这么多年，心里一直过意不去。

3

岛上传来一阵阵海鸟的鸣叫，声音很像家养的大白鹅驱赶潜入院子里的不速之客。这才把阅览室一众失魂落魄的“木偶”，唤回现实世界。

肉经理一轮轮过山车般的讲述，信息量太大，夹叙夹议，也有抒情，全部消化很耗费脑力和精力。讲述者眼神越发迷离，听者也已经陷入某种类似梦境的幻觉之中。

突然！

呵呵，原谅“突然”吧。一直坐在椅子上，已经半晌没出声的糖小姐栽倒，径直摔在地板上！

这又把大家吓一跳。

扶起糖小姐，岛上的医生马上帮她检查，捏人中，还好，只是低血糖。这几天她没有好好吃饭，睡眠也不足，喝点糖水休息一下即可。

有工作人员帮忙端来加糖的温水，给虚弱的女士喂下去，不一会儿，红润渐渐回到糖小姐的脸上。

而阅览室的众人，也借着这个机会，站起来活动身子骨，喝喝茶，甚至聊聊天。

只有几个人坐着没动，裕川介用余光看他们，暗笑。

“身体不舒服，我想先回去，可以吗？”

糖小姐楚楚可怜，裕川介小声征求医生的意见，摇摇头，对方表示没有大碍。

“本来，我把您的戏份安排到后半场，但看来您比较心急，身体也没问题，要么我们就先来您的情节，等演完您再回去。”

"什么演来演去？我可不是群众演员啊！"

糖小姐见离开无望，顿时又恢复之前的精神头，这变脸速度之快，连医生都咋舌——行医多年，第一次见到装病装得如此出神入化的！

"糖小姐，您原来当过小学老师吧，'主演'班主任那种？"

裕川介直来直去，又带着一点调侃。

"什么意思？！"

"您就是刚才肉经理提到的，为熊孩子们作证的班主任老师吧？"叶警官补充，挥挥手中的A4纸，"其实我们早就查出来，您与蜜小姐的真实身份。"

"当过又怎么样？难道我就是凶手吗？！"

"您别激动。"叶警官温柔地摆出笑容，"我们没有恶意，其实是在帮您。您不是一直在说，想要找出杀害蜜小姐的真凶吗？"

"这……"

见糖小姐还在犹豫，叶警官正色道："关于你们姐妹的故事，我们都已经查清楚。肉经理可以替你们讲述，我们警方也可以，请你自己讲，是给你留有一点脸面，你还没意识到吗？！"

糖小姐还想回嘴，突然与肉经理的目光相遇——

怒火，第一次从这个男人的眼睛里燃烧出来！这火苗瞬间就变成火堆，甚至火山，朝眼前的仇人喷射。糖小姐的那点傲慢气焰，被瞬间吞噬。

"好吧，当年的事件也改变了我们姐妹的人生轨迹，我们也是受害者。"

糖小姐把精心染护过的暗紫色头发向后一甩，满肚子委屈。

"受害者，你们对警方作伪证，还是受害者？"

牛内先生指着对面的女人，这时他已经不再是那位点头哈腰的嘉年华经理。

“我们是有苦衷的，是孩子家长来哀求我们的！”

“纯属胡说，是你们伸手向这些家长要钱，主动包庇杀人犯吧？我已经查得清清楚楚！”肉经理一脸鄙夷，“这些孩子的老师，被称为‘蜜糖小姐’，多么甜美的名字啊，却是肮脏至极的货色！”

“等等，怎么叫蜜糖呢？究竟是蜜小姐，还是糖小姐？”“工藤新一”又开问。

“让她自己回答吧！”

肉经理厉声呵斥，糖小姐短暂沉默，见警察在场，只能照实回答：

“虽然没有新意，但我们一直在互相扮演，从小就开始。”

“这样做，有什么意义？”

“对别人没有意思，对我们有。你们不是双胞胎，不明白我们的心情。虽然是双胞胎，但我们也是独立的个体，我们应该有准确的名字，知道谁是姐姐，谁是妹妹——可我们没有，我们被弄混了。我们故意互相扮演，开始是为了捉弄父母和周围的人，慢慢地就成为习惯了。习惯扮演对方，定期或不定期就变成对方。而不管我们成为哪个角色，我们都扮演得游刃有余。”

“只是为了，捉弄别人？”

“对，玩弄社会。”

自家也有姐妹的叶警官听着这荒诞又认真的理由，放下手中的钢笔，忍不住苦笑。

“所以，你们都是孩子们的班主任？”

“对，叫蜜糖老师。”

“按理说，你们是老师，死去的孩子也是自己所在学校的，虽然不是一个班级，但起码要有一点职业操守，或者说做人的良知，绝对不应该作伪证！”

裕川介正襟危坐，严厉斥责。面对大是大非，不能含含糊糊，立场一定要坚定、坚决！！！

一直沉浸在案情之中的“工藤新一”双手抱肩，也气鼓鼓地瞪着糖小姐。瞧他这正义感爆棚的模样，裕川介暗自得意

看来，请几位兼职大学生作为今晚推理秀的“群演”，是明智之举。他们的存在不仅为揪出真凶的过程提供缓冲，也打破了经常没人接话的冷场。更没想到的是，这里竟然还有“彩蛋”，乱入一位酷似高中生名侦探的角色。

“我讲了，她们是为了钱！”肉经理抢过话头：“当年所谓的蜜糖小姐刚毕业，是青春靓丽的女士，但却爱慕虚荣。除了自己班级的孩子和家长们知道，连隔壁班的也有耳闻，蜜糖嫌贫爱富，不干不净，想尽办法逼着孩子们送礼物！”

“你在诽谤……”糖小姐嘴唇发抖。

肉经理冷笑：“你们不是有句名言嘛：孩子虽然一样，但孩子的父母不一样！”

“我呸！这是为人师表能说出的话吗？！”

阅览室嘘声又起，有人甚至想朝糖小姐吐口水才解恨！

“我也来说说吧。”

好半天没出声的另外一位女士，终于“苏醒”过来。

是夕小姐。

裕川介和叶警官交换眼神，瞧瞧肉经理，他的眉毛又拧紧一层。

“我自报家门吧，因为我的房间里，也有一个奥特曼小像。你们早晚要审问我，而且我相信，你们对我的底细清清楚楚，我也没什么能再隐瞒的。”

夕小姐站起来，用右肩蹭蹭脸颊，这姿态不乏妩媚，但此刻没人关注这些。

“我，是你们口中的小 b，‘蓝短裤’的妈妈。我刚才听得很明白。”

“哇！”

又是惊讶的呼声，咱们的“工藤新一”带头，这群孩子们现场看这场精彩大戏，就差挥舞荧光棒了。

夕小姐叹气，头垂着：

“正如肉经理所言，我也有不可饶恕的原罪——十九岁就生下儿子，自己还是个孩子，根本不懂怎么扮演母亲这个角色。离婚之后儿子判给他爸，那时他才三岁，我很少能见到他。他读书起，我一次也没到过学校，并不是孩子爸爸不准，是我自己不争气。今晚，我一直在深深的愧疚中，我觉得很对不起肉经理！真的，作为熊孩子的母亲，我生下他，却没有尽到母亲的职责，对孩子犯下的罪孽负直接责任，实在没有脸面站在您面前……”

说话间，夕小姐跪下，把头用力磕在地板上，一下，两下，三下！

这突如其来的举动，出乎所有人想象。不过，却没有人站起来搀扶她。最后还是肉经理示意请叶警官帮忙，满脸是泪的夕小姐，这才重回座位。

夕小姐吸吸鼻子，用左手的拇指和食指擤掉鼻涕，在右臂的掩护下，偷偷擦在裙子上：

事情发生之后，孩子爸爸找到我，商量怎么解决，我也没有主意。

说心里话，我觉得这事儿隐瞒是不可能的，不如实话实说，找警方自首。毕竟孩子未成年，最多是教育改造一下。如果放任自流，儿子已经开始叛逆，三天两头惹祸，今后还不知道会怎么样。如果这次痛定思痛，好好做人，坏事也许还能变成好事。

天地良心，我真是这样想啊！

可惜我不是称职的妈妈，在孩子教育问题上，没有决定权。

这时，孩子爸爸接到一个电话，是另一位孩子家长，做生意的，很有钱，找我们商量，希望一起“努力”，度过这个“重大危机”——

这个努力，就是出钱。

对方建议我们每家出 30 万，贿赂班主任老师，就说孩子们和她一起在公园补习。

我当时就反对，因为这是作伪证啊，我们可能会犯罪，甚至坐牢，而且老师也未必答应。但孩子爸爸说，这位家长拍着胸脯保证，他可以“搞定”老师，我们只要出钱就行。

为了孩子，万般无奈，我们还是同意了……

“所以说，我们是被‘搞定’的，被逼迫的，这就是我们的苦衷！”糖小姐跳起来大叫，“这是主动和被动的区别，从本质来说，是天壤之别！”

她竟然还在这时候甩成语。

4

“那你们，还是收了钱吧？！”

夕小姐也站起来，同性之间果然很容易吵架，再加上这俩女人彼此早就看不顺眼，正好借机发泄出来。

“放屁！ X 你娘！”

糖小姐满嘴脏话，斜着半边脸，近距离指着夕小姐的鼻子，就像江湖小混混一样，“你哪只眼睛看到我们收钱？你们的钱，凭什么就说给了我们？！”

“少用你的脏手指我，没给你们，我们给的是猪狗不如的东西！”

夕小姐毫无惧色，一把打掉眼前的手指。个头虽然没有对方高，但也全面进入开战状态。

“自己的孩子杀人，反倒怪罪起老师，真是岂有此理！”

“你们这种人也配叫老师，不是你们收钱作伪证，也没有现在 F

岛这档子事！你的姐妹完全死有余辜，活该！”

听到自己和姐妹被骂，网红糖小姐彻底发狂。冲上来，一只手劈头盖脸就扇夕小姐耳光，另一只手揪住头发，死命往怀里扯！

夕小姐更不是“盖”的，虽然身材矮小，但胜在灵活，明显是练家子，反手就抠对手的鼻孔，锋利的指甲专门攻击对方“吃饭的家伙”。

糖小姐的脸颊被狠狠抓伤，红色的伤痕，就像被皮鞭抽过，马上就渗出血来！

完蛋，这次真的破相啦！

脸蛋儿受伤，可把糖小姐彻底惹毛。海带腰女人“嗷”的一声扑到夕小姐身上，两人应声摔倒。顾不上哪里疼，马上，就像两条蛇缠斗在一起。

可惜啊，这两人打得热火朝天，还是没人拉架。

一屋子看客，各怀心事，谁也不肯挪动尊臀，有人还故意跷起二郎腿，咧嘴看这场热闹猴戏。

牧慎倒是有出手的意思，可惜腰椎间盘突出，这场打斗没有给现场这位“专业人士”一次施展拳脚的机会。叶警官暗想：如果牧慎“参战”，他究竟会帮哪边呢？

等两人实在打不出什么花样，只是彼此抱住对方的脑袋趴在地上，裕川介和叶警官才一人拖一个，边劝解边呵斥，把两个披头散发的疯子拉扯到旁边。

“你们，真的没收钱？”

肉经理不动声色，瞥一眼坐在地板上，上下气已经连不上的糖小姐。

“我没收，蜜也没有。”

糖小姐用手捋着头发，检查“战役”过后的脱发情况，“这件事发生后，校长还是劝退了我们，当然他不知道我们是两个人，反正蜜糖小姐需要滚蛋！失业差不多两年，我们才当上网络主播。我相信蜜没收钱，否则就不会抛头露面，她并不喜欢这个职业。”

裕川介微微一笑，露出“这下可有趣啦”的表情。

“那你猜猜，这笔钱到哪儿去了？”

“天哪！”糖小姐突然惊叫，“会不会，被汝先生扣下啦？！”

“你说谁？”裕川介故意反问。

“老汝，我说的是汝先生，会不会是他贪污啦？”

“汝先生，也是本案的关键人物吗？”

“工藤新一”又跳出来问话，他已经主动换坐到叶警官身边，一边看她记笔记，一边帮忙梳理案情。这孩子偷着告诉女警，自己是学理论物理的——难怪啊，一枚理工直男癌患者。

“他当然关键啦，他就是你们说的小a‘黄背心’的爸爸呀！”

已经没人惊呼，大家这一晚上“见多识广”，只剩撇嘴的份儿。裕川介暗喜，众神，就快全部归位。

“所以，就是这个王八蛋召集我们筹钱，自己把钱昧下来，再逼着物业公司给受害者家属赔偿？”

夕小姐的呼吸也平复下来，整理长裙坐回椅子上，众人则统一做“恍然大悟”状。

“这种人真是该死啊，自己儿子作孽，老子非但不出钱，还反而赚一笔，这是什么样的奸商啊！”

“还真有这等人渣存在？！”

“死有余辜！”

……

“如果没有收钱，你们为什么作伪证？”叶警官叫停窃窃私语，又问糖小姐。

“老汝当初威胁我们。”

“哪方面？”

“我们的把柄。”

双胞胎中间还活着的这位，没什么再需要隐瞒，“老汝确实很狡猾。几次家长会的短暂接触，他竟然发觉蜜糖小姐是两个人扮演！我们被他彻底揭穿，因为其中一人没有教师资格证，汝先生威胁要告发我们。他是有钱人，认识好几位校董，事情如果捅出来，开除我们易如反掌，我们只好答应作伪证。”

“就这么容易？”

“确实不难，真的就是一句话的事儿。公园没有监控，警方就没有再追问。”

“你们玷污了教师这个无比神圣的职业！”叶警官放下手中的记录笔，正色道，“可结果，你们不还是被开除了吗？”

“但当时，我们还是想保住饭碗……”

“看来，不管有没有资格证，你们两位都没有资格成为教师！”叶警官怒斥道。

“话说，糖小姐，为什么您和蜜小姐与汝先生一起来参加嘉年华？这虽然是肉经理这位岛主设的局，但当年汝先生威胁你们作伪证，为什么现在还和他搅和在一起？”裕川介继续发问。

“你们已经失业，应该没什么害怕的吧？”有人帮忙补充。

“当年被开除，没怀疑是汝先生背后做手脚吗？毕竟他认识那么多校董。”说话的是“工藤新一”。

半截眉毛的素颜网红叹气：“这就是我们倒霉，被冤孽缠身！当年我们也怀疑过老汝，但苦于没有证据，大家就各奔东西。两年前重遇，他被我们的容貌惊艳，我们姐妹同时做过整容手术，比之前更会打扮。他立刻提出要我们做他的情人，我们断然拒绝，可他又开始威胁……”

“你们还有把柄吗？”

“这次，他恰好是网络平台的股东，我们不就范，他就会雪藏我们，还要在互联网全面封杀，断掉我们的财路，毁掉我们的生计。更重要的是，他又拿当初作伪证说事，威胁要曝光我们的负面，让我们身败名裂……”

“你们同时成为汝先生的情人？”

“是的。”

“就这么简单？”

“还要多复杂！”

神探收起笑容，这样浅薄的笑料，笑一秒都是多余。

“刚才夕小姐已经下跪，向受害者的父亲真诚道歉。请问，现在他就坐在你面前，你想对他说点什么？”

是叶警官，仔细听，会发觉她的声音颤抖，看得出她在强烈地压抑着内心的愤慨。

糖小姐面无表情，沉默数秒，在众人渴盼的目光里——

摇摇头。

5

牧慎嚎叫一声，双手用力地砸向面前的小书桌，“咔吧”一声，桌面断裂！接着，他铆足全部力量，朝自己的胸口狠狠砸下来！

看得出，这个男人，已经临近爆发的边缘。

他想打人，不管对方是男是女，这种不配为人的货色，都要用他从小在寺庙学到的各种招式，暴风骤雨地干一场！

此时的牧慎就像一只困兽，不能逃出理智的笼子，只能撕咬自己的尾巴。反倒是他的兄弟，肉经理，摇摇头，眼神里空空如也。

牧慎冲出阅览室，在夜空之下，失声痛哭起来。没人阻拦他，叶警官走到身后，陪他站在黑暗之中。

大家都明白，牧慎是为谁而哭，便一起用最寒冷、最痛恨的目光，齐齐射向这个万恶的糖小姐。

这目光里仿佛有千万把钢刀，恨不得把这女人凌迟处死！

“你们这样看我干吗？你们要恨的，是那个扔砖头的人！”

糖小姐梗着脖子，依然强词夺理，“当年不是我们动手杀人吧？你们不恨凶手，反而怪罪我们？！”

“人渣，我多亏没遇到你这种老师！”大学生“工藤新一”站起来，狠狠啐一口。

见众人不依不饶，糖小姐把桌上的玻璃红茶杯一抹手，全摔到地板上，对着肉经理吼道：“你现在满意了吧？让大家都对着我来！我看你是有毛病吧，弄这么个该死的岛，把我们骗上来，你还杀了这么多人，我要你给我的蜜蜜偿命！！！”

“别这么嚣张！”裕川介用手指点，“再怎么样，你们也算帮凶！”

“杀人不过头点地，我姐妹已经死了，还要怎么样？！”糖小姐终于又哭出来，好像受到天大的委屈，“你们有工夫集体挤对我，却不找杀人凶手，你们还是警察吗？我要投诉你们！”

“别碰我的底线，别找揍！”

裕川介终于发怒，断喝一声，把手中握着的茶杯也用力一摔。碎片四溅，眼前这女人才停止撒泼。

“审问”还要继续，真相等待揭示，不能在这种人身上浪费太多时间。

裕川介强忍伤口刺痛，用相对温和的声音作为紧张气氛的调剂，这才转向正弯腰捡拾地上玻璃碴的肉经理：“你后来找到证据，证明小 d 是杀害肉肉的真凶吗？”

“没有，我没法证明。”

“那你知道她的身份吗？”

“知道。”

“你恨她吗？”

肉经理把玻璃碴妥帖地扔入垃圾桶，又把薇小姐鞋底下一块可能会扎伤她脚趾的碎块捡出来，这才坐好，面色平静地回答：

“虽然没有任何证据，但从这一刻起，我相信 a、b、c 的父母没有撒谎，a、b、c 没有杀害我的儿子，可恨的是这个小 d！当然这些孩子在楼顶，也难辞其咎。”

“也包括作伪证的老师。”可爱的“工藤新一”不依不饶，又插话，“一群浑蛋！”

“那你想过杀人吗？”

裕川介问得直接，肉经理回答也干脆：

“我想过，我希望把所有与我儿子的死有关的人，包括愚蠢的警察们，统统作为殉葬品！但理智最终告诫我要找出真凶，就是丢下那块致命砖头的人。只需要一个祭品，我们彼此之间做个了断即可。”

“这就是你举办这次嘉年华的目的？杀一个人？”

肉经理绅士般摇头：

杀人，并不是我与牧慎先生的最初计划，但一具尸体，却从天而降，出现在他的房间！

我们不知道是哪里跑偏了，但肯定出了问题。那一刻，我确实有一丝犹豫，打算就这样放弃。

但马上我就提醒自己，这么漫长的等待和筹备，不能因为一桩凶案就改变主意。更何况死的人，是我同样痛恨的小学老师，管她是蜜还是糖，我必须找出真相！

正如您所说，我确实雇用了一批演员。

我告知大家，F 岛是个大型摄影棚，我们在拍一部电影，真实场景，本色出演。大家按照既定的剧本演出，不管出现任何情节，都是事先安排好的，他们也只可以听我一个人，就是总导演的指挥。

我不喊停，大家就一直演。

就这样，虽然岛上发生凶案，也有警察上岛，但对于群众演员来说，这只是故事里的情节。“死人”是由演员扮演的，甚至您，介督察一行也是同行扮演，所以他们依然按照我给的剧本表演。

此外，我找的这些演员，虽然是群演，但又不是一般意义上的演员——

每个人都有相对正当的职业，要么喜爱表演，要么曾经偶然出现在某部影片。演员是他们的履历表中不会体现的部分，我也请警界朋友帮忙，确保每个人的信息都查不出漏洞。

最后，牧慎师兄出马，穿上我的牛仔外套，在客人之中观察大家的反应。

这外套沾染我儿子的血，就是他灵魂附着的最后载体，我也希望他能亲临自己心心念念的“福岛”，看看嘉年华的热闹情景。

因果循环，蜜小姐对这件外套感兴趣，竟然来讨要！牧慎征求我的意见，我决定送给她。

肉肉那么善良，他不会说“不”，他一定会这样成全别人……

裕川介知道，肉经理这里暂时挖得差不多，便伸出右手，放在他眼前：

“话说，那玩意儿，也应该交出来了吧？”

“什么？”肉经理明显故意装傻。

“遥控器。”裕川介语气轻松，“就是‘嘭’的一声，能使整个岛被炸掉的那种。”

听到这话，一众大学生跳起来，“天啊，还有这鬼玩意儿！”

“抱歉，被我弄丢了……”

岛主垂头丧气。这答案却好似完全在裕川介的预料之中，他把手抽回来，笑盈盈的：

“你跟踪、偷窥薇小姐，趁她生病去翻她的行李，也没找到吧？”

肉经理的脸红了。

“为什么趁薇小姐在房间的时候翻行李呢，这样不就被她发现了吗？”叶警官不解。

“薇小姐高度近视，躺在床上睡觉的人不会戴眼镜，所以她基本看不清。肉经理肯定是白天已经翻过，但没找到，估计她一直带在身上，只能趁她脱掉衣服的时候铤而走险。”裕川介给小姨子解惑。

“她如果喊人，怎么办？”

“她不会的。”裕川介代为回答。

“薇小姐说闻到一股塑料味，是什么？”

“是化装晚会道具服的劣质材料发出的味道，衣服脱掉，也会沾在身上。”

“为什么只翻薇小姐的行李呢？”又是“工藤新一”。

“难道……”另一位男生用胳臂杵杵同学，“是因为小薇身材好，肉经理要吃她豆腐？”

“别瞎说，你以为肉经理是你呀，他就不是这种人！”

裕川介知道众人全部云里雾里，这些孩子越扯越乱，便大声笑起来——

朋友们啊！

浮岛，最大的灾难是什么？是沉没啊！

F 岛是气垫支撑的小岛，如果在气垫上设置遥控引爆装置，我们所有人都有可能随时喂鲨鱼。

这就是我们神秘的岛主大人，精心准备的另一个礼物！

岛上没有监控，是为了让大家尽情表演，也报复岛主眼里愚蠢的警察。

织网里有监控，是怕大家随意进出小岛，让大家都困在这个巨大的密室。

但大家不知道吧，就在我们的脚下，大型气垫的下方密布爆炸物，那里是监控的死角！

“你想炸死我们？！”有人大喊。

肉经理拼命摆手：“我从没这样想过！只是，如果没有找到真凶，等大家都下岛，我就会引爆小岛，和它一起去见我儿子……”

“这么重要的东西，为什么不看好？你想我们一起死吗？！”糖小姐也转头质问，“刚才的爆炸和停电，是不是你干的？！”

“不是，我刚才已经说过，遥控器早就丢啦。”

“还想狡辩，就是你这个浑蛋岛主，想让我们给你儿子陪葬！”

“你也忒狠毒，刚才又说只找一个真凶，现在让上百人陪你一起死！”

得，糖小姐和夕小姐跳入一个战壕，又开始像海鸟抢食一般，调转枪头轮流朝肉经理开火。夕小姐已忘记刚才磕头道歉的那个茬儿了。

“是你逼我的！”

牛内先生指着某人，脸却朝着大家：

通过接近 a、b、c，我逐渐套出小 d 的真实身份，作为嘉年华最重要的主角，她也来到了现场——为了亲自找到答案，我一直把她放在最接近我的地方。可惜，我已经等不到这一刻。

对，她就是我们的，薇，小，姐。

美丽的薇小姐，毫不起眼的兼职大学生，我们的终极大 BOSS，整件事的始作俑者，小 d，就是你吧？！

你就是当年用砖头砸死同学的，那个穷凶极恶的罪犯吧？！

6

“你有神经病吧？我没有拿走你的遥控器，是小啸干的！”

丰腴的护理专业学生薇小姐，忽地站起来，大喊大叫，但马上就蔫儿下来，可怜巴巴地哽咽——

“太欺负人啦，为什么要怪我？什么事情都怪我呀！”

“好好说，先别激动。”叶警官扶住女孩儿的肩膀，请她坐好。

“小啸发现你有一个奇怪的遥控器，鬼鬼祟祟地藏在小仓库地板下面，正好被他撞见。他认为这东西很重要就偷过来，让我帮他保管。我当然拒绝，巴掌大的小岛，我怎么保管？再说，如果被你发现，你不会掐死我吗？”

“可小啸告诉我，遥控器是被你偷走的。”

“他告诉你，你就信呀！”薇小姐抹着成串的眼泪，嘴瘪得像只鸭子，“你就没有一点判断力，谁的话你都信？别人说我是小d，你就千方百计把我骗来，想趁机杀我是吧？！”

“文小姐的月嫂，看见是你丢的砖头。”

肉经理语气平和，就像平日里工作中一样。

“她看到了，就确定是我丢的，证据呢？就凭她一双眼睛？如果她看错了，我岂不是白白背上天大的冤屈！如果小啸活着，我一定好好问问他，为什么给我扣屎盆子？！”

薇小姐几乎是在吼叫，唾沫挂在嘴角，她倔强地用制服袖口一擦，大颗的眼泪又往下掉。一直在溜话边儿的“工藤新一”也不吱声，看他的眼神，充满对女大学生的同情。

“小啸已经死了，无法和你对质。”裕川介按住伤口，望着眼前的孩子。

“那是你们的事情，反正别赖我！”

薇小姐揩净眼泪，一屁股坐回椅子，“工藤新一”偷偷给她递张纸巾。

“刚才的爆炸，究竟是怎么回事？”肉经理转身问裕川介，“我一直纳闷，如果按下遥控器，应该是整个岛的气垫同时爆炸，但据说刚刚只是其中一小块……”

裕川介抱拳：“实在对不起，各位，看来我也只能坦白。刚才的爆炸是我的同仁在水下排查时，不小心引爆其中一个，才制造的意外事故。”

“原来是警方害的呀，那就不能随便赖别人。”

“工藤新一”有点不悦，从薇小姐被指责，他的立场迅速发生变化。看来，他能不能胜任扮演“名侦探”的重任，还需要接下来深入考察。

薇小姐对自己的“盟友”，报以娇羞又柔弱的一个微笑。

“您把薇小姐和小啸留在身边，从招募到培训，一直到岛上，就像左膀右臂，您还发现了什么？”叶警官问有些尴尬的肉经理，眼前的局面，必须也只能由警方掌控。

“没有，或者说没来得及。原预想的是一周时间慢慢调查，谁知道第一天就发生命案，打乱了原来的节奏。”

比起遗憾，肉经理的语气竟然充满自责。

“请问薇小姐，你说自己不是丢砖头的凶手，但九年前，你是否参与了这起事件呢？”

裕川介冷不防把问题丢给正和“支持者”耳语的女大学生。

“我没有参与。”

薇小姐淡淡回答，身子紧紧靠着男同学，与他交换着肉体的温度。

“汝先生的儿子、夕小姐的儿子，都亲口证实，你当时和他们一起在楼顶。”牛内先生，也就是肉经理直视这位小 d 女士，“我虽然还没来得及问小啸，但我相信，我将得到同样的答案。”

“他们记错了，冤枉我。”

“都记错？一起冤枉你？”肉经理的额头被阴霾彻底笼罩，“介督察和叶警官都在，你知道对警察撒谎的后果吗？”

身着红色紧身制服的女大学生满不在乎：“这是法治社会，警察也不是万能的，你想吓唬谁？拿出证据来！”

肉经理目光犀利：“你们的多位同班同学都证实，你们四个人是好朋友，又住在附近，每天都是结伴回家。事发当天，你们就是一起走出校门的！”

“一起出校门，不代表一起上楼顶。虽然时隔这么多年，我确实不记得那天有什么事。但可以肯定的是，半路上我自行离开。”

“不见棺材不落泪！”

看来，对于今天的终极对质，受害人父亲也是早有准备，“这么多人证，你都公然否认，我还有一件重要物证！当然，如你所说，时隔多年，我无法把它带到这里。”

“什么玩意儿？！”

“一根啃一半的烤玉米棒。”

薇小姐听到这里，眼球轻微转动，但马上又摆出莫名其妙的神情。

“那天在楼顶，警方找到一根啃一半的玉米棒，就扔在砖头堆附近。简单化验残留唾液，发现是一位女性吃的。由于目击证人看到的是三个男孩儿，玉米棒就被认为与本案无关。”

“真是愚蠢的警察！”

叶警官听到这里，朝姐夫小声抱怨。

“玉米棒？”糖小姐忽然反应过来，“难道，小薇，是‘吃货娃’？！”

吃货娃？

大家都想起来，根据目击证人文小姐的描述，肉经理前面确实提到三个男孩儿的代号，分别是黄背心、蓝短裤和吃货娃。

黄背心小 a 是汝先生的儿子，蓝短裤小 b 是夕小姐的儿子，警方一直默认吃货娃小 c 就是小啸，但是今天看来，又错啦！

肉经理知道是时候说出实情："当年，薇小姐一直是短发，同学们都叫她假小子，小学校服男女同款，所以文小姐误以为薇小姐也是男孩儿。"

"你怎么肯定是我啃的玉米？比对 DNA 啦？"

护理专业学生薇小姐，可不好糊弄！

"没有，因为我无法接触证物，警方后面已经销毁，毕竟玉米棒也容易腐烂。但是！"肉经理斜着眼睛看着当年的吃货娃，"警方放弃，我可没有！我知道我家公寓旁边只有一个男人每天傍晚摆摊卖烤玉米，我就找他调查。"

这下子，旁人再看薇小姐，她的表情已经变得不太自然。

"可惜这老板极其胆小，警方已经问过他玉米棒的事儿，他怕惹麻烦，什么都不肯说，还把我轰走！但我不会放弃，我磨了他两个月，把他每天的烤玉米全部买下来，最后，他才告诉我——他记得，当时确实有四个小学生一起买玉米，不过却只有一个短发女孩儿买了一根，钱还是其他男孩儿出的。大家叫她，小薇。"

咬着嘴唇，沉思起码一分钟，薇小姐露出不屑的笑容：

"好吧，即便我当天在楼顶能怎么样？谁又能证明，就是我扔的砖头？就凭这三个浑小子的话？！那我还说是他们串通好，一起把责任推给我呢！"

又是过山车式的变化，让众人不禁皱起眉头，"工藤新一"也彻底迷惑——不知道此刻贴着自己身体的，究竟是天使，还是魔鬼。

7

风，从集装箱阅览室敞开的大门吹进来，因露台的门形成穿堂风。

开始，还是惬意的微风，接着是凉飕飕刮汗的小风，不知不觉间，竟然变成猛地灌进房间的大风！

书架上几本竖着摆放的杂志没有依附，轰然倒下，惊得人汗毛竖立。

“变天了吗？”

叶警官快步跑到门口，只见天空已经看不见一颗星星，乌云就在头顶。再望海面，一片黑黢黢的，海浪卷起一米多高，拍打着小岛四周的橡胶衬垫，已经开始有海水倒灌进来！

“肉经理，请速到主控室！”

对讲机呼叫，岛主肉经理请示裕川介督察，经警方同意，“推理秀”暂停。

肉经理带着几位男大学生，包括“工藤新一”，冲出阅览室。其他人没有得到许可，还是要在原地待命。

风越来越紧，浪越来越急，豆大的雨点也掉下来，小岛开始剧烈颠簸！

三层集装箱建筑摇摇晃晃，发出钝物碰撞和摩擦的响声。不知什么物件，被大风刮到天上，“嗖”的一声便脱离浮岛，被黑暗彻底吞没……

这些声音，出现在此刻深海的夜晚，就像海怪的嘶吼，叫人毛骨悚然！

没人再说话，除了死死地把身子依附在椅背上，就是内心暗自祈祷。

F岛的宁静和美妙，就像上个世纪的美梦，被一场突如其来的强烈风雨，击打得粉身碎骨。

肉经理浑身湿透，跑回阅览室，上气不接下气：

“介督察，大事不好！这场暴风雨的强度超出预警，岛上开始积水，如果海浪再大一点，小岛随时都会倾覆，大家赶快撤离吧！”

裕川介紧闭嘴唇，一声不吭。

“快跑吧，我们不想死！”有人开始带着哭腔喊叫。

“不！”

裕川介猛地起身，伸出双手，拦住所有人——

现在，大家都不能离开F岛！

这么大的风浪，就算穿上救生衣，跳上救生艇，能不能获救还是两说。

一直为我们护航的两艘船为躲避风暴，已加速向安全区域撤离。我们现在跳到海里，没人救援，不是更加危险？！

“那怎么办，等死吗？”夕小姐瑟瑟发抖。

“等一下！”裕川介突然想起，“牛内先生，您不是说F岛在关键的时候，可以变成一艘船吗？！”

F船！

肉经理一拍大腿，我真是要命，怎么忘记还有这个操作！！！

说话间，赶快掏出对讲机，与正在主控室的工程师联系，自己也飞身跑回去。

又经过漫长的几分钟，在一片沉默之中，齿轮啮合的声音响起。

先是啪啪啪的微小响动，好像有小偷撬门别锁，接着又变成一连串的咔哒咔哒。

这声音和之前的钝响不一样，十分富有韵律，仿佛有人从金属箱子的小孔，拔出长长的铁链。

可这冗长的铁链啊，拔呀拔，拔也拔不到尽头……

正当听众昏昏欲睡，又传来铁板碰撞的巨响，然后是卡钩连接的声响，最终，一切平静下来。

小岛的颠簸也随之减轻，众人走出阅览室，被眼前的情景再次惊呆——

转眼间，F 岛的四周已经树立起一人多高的铁板，F 岛真的变身为 F 船啦！

风暴虽然并未减弱，但浮岛危机暂时解除。肉经理换上一身干净的制服，带着几位男大学生回到阅览室。“工藤新一”上衣湿透，刘海儿趴在额头，不知道是汗还是雨。

热茶倒进晶莹透明的玻璃杯，水果、点心放在带优雅花纹的瓷盘里，重新摆到阅览室的圆形书桌上。F 岛的服务不能减分，毕竟现在还没有回到陆地。

众人默不作声，把椅子重新摆成一个圈，围拢坐定。

“不是我扔的砖头，我，再，说，最，后，一，遍！”薇小姐重拾前面的话头，对着肉经理一字一顿，“你刚才也说，我是‘吃货娃’，是短发。既然所谓的文小姐把我错认成‘男孩儿’，和她在一个房间的月嫂，怎么就能一口咬定，最后是‘女孩儿’，也就是我，扔下砖头呢？！”

“问得好！”

“工藤新一”击掌，见自己心仪的女神扳回关键一局，重振士气。

肉经理早有准备，带着把老鼠终于赶进笼子的喜悦：“因为只有你，没有脱衣服……”

“脱什么衣服？！”

糖小姐也加入谈话，作为当年案件的关联人，她也希望得到真相。现在看来，这个真相，已经唾手可得。

“校服。”

肉经理极其厌恶地看着前小学老师和她的学生：

其实，我刚才故意没把所有信息都讲出来——月嫂告诉文小姐，四个孩子中，只有一个没脱衣服。

可能是初夏天气热，男孩儿都脱掉校服玩水，只穿背心或小裤衩。谁知这三只皮猴儿，竟然一起去扒第四个孩子的校服，应该是开玩笑。

这孩子却坚决不肯，拉扯之间，月嫂看到她的粉色内衣露出来，这是女孩儿胸部刚刚发育时穿的，背心款式的胸罩……

“也对呀，因为她是女的，就不能随便脱衣服。”夕小姐抱着肩膀，瞅着当年儿子的玩伴儿，小薇同学。

“扒光衣服就不能趴在楼顶的地上，毕竟楼顶是毛糙的水泥，还有砖头，小学生也不傻。”糖小姐接词儿。

“也就是说——”这两人异口同声。

肉经理点头：“所以月嫂才敢确认，最后趴在楼顶边缘，往下扔砖头的孩子，穿着校服的，就是那个女孩儿。”

说完这句话，受害者父亲长出一口气，眼泪再次缓缓流出来……

不需要再多的证据了。

其实，只要薇小姐亲口承认自己当初就在楼顶，一切的真相，就已经浮出水面。

此时，众人再看薇小姐的眼神已经完全不同——愤怒、厌恶、轻蔑，甚至有人巴不得这样的魔鬼马上死去。

“我……”

薇小姐还想争辩，被裕川介打断：“你现在什么也不用多说。九年前的案件，等回到陆地，我会亲自重启调查。我裕川介以自己家人的幸福平安发誓，一定会给逝者和家人一个交代！”

裕川介用力拍拍肉经理的肩头，走到门口，猛地拉开阅览室的门，迎着蜂拥而至的大风和暴雨，脸上是斗士特有的坚定。

8

“警官，真相水落石出，我们现在可以回房间休息不？我想洗个澡。”

夕小姐小声问叶警官，刚才的贴身肉搏，弄得这位平日形象良好的女性，像一只狼狈的斗鸡。

“还不行。”叶警官轻言细语，“上半场的节目刚演完，下半场正准备开始呢！”

裕川介吹完风，整个人精神再次提振，踱回先前的座位，好像什么都没发生一样，拍拍身上的雨水：“是的，我们还有三桩命案，同样需要正义的审判。”

“工藤新一”和几位同学窃窃私语：“今天看来赚大啦，还有好戏要看！”

“耍猴儿也和这差不多。”有人挤眉弄眼。

“确实比真人秀还好看，夜黑黑，心慌慌，密室大逃脱！”

叶警官听到这些调侃，好气又好笑。

就这么应景，窗外一个突如其来的巨大闪电，叫停一众大学生们的说笑，大家赶快闭紧嘴巴。

“叫你们胡说八道，死者发怒啦！”

女警官故意低着头，翻着眼皮，让灯光在脸上形成阴影。这下，大学生们彻底老实。是的，现在是警方破解命案的现场，仓库里三具尸体横陈，冤魂正在岛上游荡，应该保持严肃紧张的氛围。

并且此刻窗外大雨滂沱，杳无人烟的深海，就像怪物张开血盆大口，喉咙里发出低沉的嘶吼，等待这个船不船、岛不岛的漂浮物，将众人带向未知的恐怖……

“鉴于案件细节太多，我们简单回顾一下。”

裕川介占据C位，将阅览室的一块小黑板立在椅子上，手拿记号笔，边画简图边做讲解。这模样很像课后给学生们开小灶的数学老师。

案件一，初一凌晨，受害人蜜小姐，后脑被钝物击打致死，面部被毁坏，死亡时间2：00。第一现场是牧慎先生房间，凶器是某种表面包覆住的金属物体，接触面呈圆形，便于手持发力，力度足以敲碎颅骨。

最初，慎先生和肉经理把现场扮演成“密室”，想给警方制造障碍，争取在海上多一点漂流的时间。

经过前面分析，我们已经初步得出结论，演员牧慎先生只是给神秘岛主帮忙，他没有杀人动机，并患有腰椎间盘突出症，搬不动酒醉的蜜小姐。

案件二，初一上午，受害者是汝先生，胸口与颈部被刺数刀，失血过多而死，死亡时间9：30。第一现场是自己的房间，凶器是锋利的刀子。

F岛安检严格，外面的凶器带不进来，可以明确，凶手使用的就是餐刀。

夕小姐首先发现尸体，她是接到薇小姐传话，“应邀”到死者房间。房门和露台门紧闭，在窗外看到死者躺在沙发上，地板上有血，于是夕小姐大声呼叫。肉经理带着一众工作人员，踢开链条锁，发现汝先生已经死亡。此时露台的门关着，也挂上了链条锁。

法证认真检查集装箱，没有找到任何机关可以让人从门以外的地方离开房间。屋内一目了然，也不能藏人——这里确实是“密室”。

案件三，初二上午，受害者是小啸，死亡方式及凶器与案件一相同。第一现场是果岭旁边的树丛，死亡时间是海鸟上岛的45分钟之内。

接下来，多有得罪，让我们圈定嫌疑人——

前面我已经说过，当我第一次坐上小鸟直升机，从高空俯瞰这座漂流在海上的人工小岛，我就知道，这个岛的秘密，远比某一桩杀人案件更多！

我提醒自己，假如过早地拘泥于某些细节，一味地“就事论事”，就会迷失在这烟波浩渺的海上，身陷凶手布下的团雾，找不到正确的航线。

在F岛这间人为设计的巨大密室中，角色可以分成五类：

一是以牧慎先生为代表的雇用演员，二是总导演岛主肉经理，三是警察，四是其他不知情的雇用工作人员，五是与九年前楼顶抛砖案相关的人，也就是F岛真正的“主角”。

三位受害人恰好也是“主角”，我于是推断，凶手就在肉经理本人及剩下的“主角”里，大家没意见吧？

当然，我们也不能完全排除雇用演员和工作人员的嫌疑。除了叶警官一直在警务系统和网上查找比对，所有人的信息也被发回警局，进行详细的、综合的背景调查，确保他们没有任何杀人动机，并且这些人也不是杀手，没有参与杀人。

所以，我们确认嫌疑人名单：

案件一，肉经理，汝先生，糖小姐，夕小姐，薇小姐，小啸；

案件二，肉经理，糖小姐，夕小姐，薇小姐，小啸；

案件三，肉经理，糖小姐，夕小姐，薇小姐。

我们再来看，案件一和案件三，使用特定的、相同的凶器，我们高度怀疑凶手是同一人，或几个人。

案件一和案件二的死者又是一起结伴上岛的“情人”关系，我们因此推断，这两起案件有更深层次的关联。

所以，警方的重点是，主攻案件一和案件二，案件三也会随之侦破。尤其是案件一，是关键中的关键！

“瞧瞧，思路多清晰啊。”裕川介忍不住对自己夸赞，叶警官又要“擦汗”。

作为一名老警员，我高度信赖自己的直觉——

与我们计划周详的岛主大人相比，我们的凶手大人，是那么的随性，甚至可以叫随便！

特别是案件一蜜小姐被杀，凶手明显不是计划杀人，看得出凶器的选择和处理，都是极其偶然和随意的。

我为大家解释一下：

F 岛虽然不大，但跑到厨房偷把餐刀，找块磨刀石磨锋利，那还是十分容易的。刀子作为凶器的“优势”，在案件二中就体现出来。

杀人之后，找个隐秘的沙坑埋起来，或藏在草地下方，警方就算做地毯式搜查，也必然要花费很多时间。再者，最简单的方法，丢进织网嘛，这个网的孔洞很大，刀子早就藏身茫茫大海，到哪儿去找呀！

一个圆咕隆咚的奇怪物体，真心不像计划好的凶器。

甚至我可以大胆推测，尸体之所以会出现在牧慎先生的房间，也是偶然的结果！

——凶手是冲动杀人。

事情的经过应该是这样的：凶手本不想杀人，但与受害人蜜小姐突然起了争执。蜜小姐一定是说了、做了什么，让凶手忍无可忍！

这家伙震怒，头脑也发热，手边抓住什么，沉甸甸的，感觉很顺手，拿过来，抡过去，直接砸在受害人的头上！

果然，从死者受伤的部位，也验证了我的猜测：

蜜小姐的致命伤在后脑勺，但面部却损毁严重。特别是嘴部，基本被砸烂。

法医证实，面部的伤是在致命伤已经造成死者死亡之后，才砸下来的。先砸嘴，再砸脸。

我们可以想象这画面：凶手满眼通红，喘着粗气，盯着死者的眼球，看着她咽气。然后举起凶器，继续砸嘴，直到血肉模糊，又砸面部其他区域。

砸嘴的原因有两种可能：一是害怕受害人喊叫，惊动其他人；二是从心理学的角度分析，凶手厌恶受害人之前讲过的某些话。可能就是这些话，与凶手的“心结”有关，继而激怒了凶手！

蜜小姐的情况很可能属于第二种，因为当时她已经死亡，不可能再喊叫。而且冲动杀人，很多都是由一句不太经意的话成为导火索。

再分析砸脸，可能的原因同样很多——比如怕别人辨认出死者身份，但本案不存在，蜜小姐的胸牌还挂着呢！嫉妒她的美貌？也许有点可能，但死者也没有美丽到这种程度。或者意识到连续击打她的嘴巴，可能为将来警方调查留下线索，便故意再把脸也砸一砸。

最后这种可能性最大！

换句话说，我们的凶手，在一桩案件中也能“快速成熟”，由冲动变得冷静。

这也是我推断第二件案件也是同一凶手所为的原因之一。凶手自己也意识到杀蜜小姐的凶器太独特，便在杀害汝先生时，选择常见的刀子，而且是岛上餐厅所使用的餐刀，只是偷偷磨得很锋利而已。

这也能解释，为什么汝先生的死亡现场能被布置成为“密室”，因为凶手已经开始“有计划”地杀人。

然而小啸遇害时，为什么第一件案子的凶器重新出现呢？我怀疑这也不是计划杀人，可能凶手正在处理杀害蜜小姐的凶器，便临时再次使用。

如此密不透风的分析，听众能否全部理解，裕川介也没有把握。

但见“工藤新一”频频点头，介督察这才放下心来。

9

“警官，不好意思打断您。”肉经理举手，“您分析了各种可能性，作了大胆推断，但证据呢？”

“我当然有证据，而且，还要感谢你呢！”

裕川介从包里掏出一张纸，固定在已经被画得乱七八糟的黑板上。众人凑过来仔细看，是健身房的设备清单。

“杀害蜜小姐和小啸的凶器，已经找到啦！”

叶警官转身快步跑向隔壁的健身房，回来时，左右手各拎着一个物体。

竟然是，哑铃！

“这就是凶器，当然，不是凶手恰好使用的那只。杀过人的哑铃，估计早被丢进茫茫大海。”

裕川介不作停留，继续解释：

“我在岛上到处寻找可以作为凶器的物体，直到进入健身房，看见放在架子上整整齐齐的哑铃。这些五颜六色的小东西，里面是生铁，表面包胶，手握友好，头部呈球形，完全符合凶器特征！可是法证验完所有的哑铃，却发现都不是凶器。”

众人一脸疑惑，急切地等待介督察讲下去：

健身房的哑铃重量没有标准，各家生产厂家自行制定，有的以磅为单位，有的以公斤为单位。有的是以单只哑铃的重量计算，有的是以一对哑铃的重量计算，每只哑铃再除以二。

我把岛上的哑铃一字排开，发现是以公斤为单位，从 1 公斤一对开始，2 公斤、3 公斤，一直到 8 公斤，一只也不缺，看起来没毛病。

直到肉经理给我健身房设备清单，比较之下才发现：狡猾的凶手将所有带 0.5 公斤重量的哑铃都拿走，然后再使用其中的 1–2 个杀人。

警方如果不细心，粗略浏览，根本发现不了哑铃丢失。

法医经过伤口比对，确认蜜小姐是被 4.5 公斤一对的哑铃砸死，小啸的伤口与 5.5 公斤一对的吻合。

这就是凶器的故事，哑铃。

没人惊呼，看来没有想象中精彩。

好吧，裕川介涌上一丝疲惫，想要取悦受众，真的好难啊。你们要从头到尾，每个细节都那么过瘾，都那么精彩，未免要求过高呀！

“哑铃放在健身房，线索便被指向这里。”

裕川介强打起精神，一定要撑过这个凄风苦雨的夜晚，“这时，薇小姐告诉叶警官，她曾经在除夕午夜，听见糖、蜜小姐和汝先生在健身房吵架。前面我们分析，这是一次冲动杀人，随手抓拿的凶器，糖小姐和汝先生就自然成为最大的嫌疑对象。”

“我们没有吵架！是蜜喝多酒耍酒疯，她想回家，但老汝认为这么贵的入场券，刚来就走太浪费，还是再玩一下——我早已告诉叶警官！”糖小姐冲口而出，“而且，蜜遇害的时候，我和老汝还有充分的不在场证明，肯定不是我们干的！”

叶警官微微点头，为她证明。

“那就来说说大家的不在场证明。”

裕川介转向诸位女士：“糖小姐和汝先生玩网络游戏，中间没有间断，我们确实查证了。牧慎先生因为手枪的事儿，守在夕小姐门口，两人隔门对话，可侧面证明夕小姐没有作案时间。这样就只剩下肉经理、薇小姐和小啸。”

“我们都是和室友同住，没法半夜溜出去杀人而不被发现呀！”薇小姐也很不服气。

“但是除夕夜有特殊情况，难道你忘了吗？”

肉经理立刻接住薇小姐的反驳：“新年嘉年华在午夜结束，客人们回房，可我们工作人员却需要把各自手头的活干完才能去休息——这就是我当天吩咐的。凌晨 2：00，我确实没注意到你们，因为拖船队正在拖船，F 岛出现晃动，我很担心，就一直在现场指挥。不过，我却看到你们的室友都在忙碌着，大约是凌晨 3:00 才分别回去休息，所以他们不能为你们作证。”

“就算没有不在场证明，可也没有证据证明是我们杀的人！”薇小姐针锋相对，“而且，你是半斤对八两，也没有不在场证明啊！拖船队工作长达几小时，你只要失踪 10 分钟，就能杀人！”

气氛僵住，不过，此刻却又有人举手，想要发言——今晚戏份特别多，甚至盖过不少“主角”光芒的，“工藤新一”。

“我，恰好，可以为肉经理作证。”

男孩儿对自己的这句台词儿很是得意，肉经理对下属报以感激的点头。

“我先声明啊，我和肉经理非亲非故，无恩无怨，可没有理由给他作伪证！嘉年华之后到凌晨 3：00，我基本上一直和他在一起，没有离开他超过 5 分钟。所以，他没有足够的时间去健身房拿哑铃，再去杀人。”

叶警官递上一块点心，表示给这孩子点赞。

“而且，是肉经理给警方提供的健身房器械清单。假如他是凶手，他就说找不到清单，这也没毛病吧？”

“工藤新一”满脸正义，看来要记下他的电话，鼓励他毕业来警队工作。

“她的不在场证明，也不充分！”

糖小姐跳起来，用手指点着“蓝短裤”的妈妈，夕小姐，“慎先生在她的房间外面，敲了快一小时的门，她就是不开。集装箱房间都有两个门，露台还有楼梯通往地面。这个女人完全可以把电视打开，让房间有声音，然后从露台溜出去，杀完人再回来，一样神不知鬼不觉！”

众人皆认同。

“当时有什么异常吗？”叶警官问演员慎先生。

牧慎陷入短暂回忆：“我很担心手枪，想和夕小姐当面聊聊，就一直敲门。她开始训斥我，不要吵醒别的客人，我只能小声敲。然后她就不理我了，但房间有响声，我估计她也没睡。最后我困得睁不开眼睛，只听到她说，你再不回去，我就喊非礼！无奈，我只好回房，然后就发现尸体了。”

糖小姐做出“对吧！”的得意姿态，夕小姐的眼神恨不得把她千刀万剐，却拿她没一点办法。

裕川介看来早已熟悉这种“狗咬狗”的场面，边听边悠闲地拔下巴的胡子，拔一根，就黏在拇指的指甲上。

带着毛囊的黑色毛发，歪歪斜斜趴在指甲上，叶警官偷瞄到，头皮直发麻。

“这样争论下去，天就快亮了，暂且跳过这个环节，等下我直接给你们答案。赶快进入案件二，汝先生密室被杀害案件。”

督察把指甲上的胡须吹掉，对着“工藤新一”挤眼睛——你最期待的桥段，终于来啦！

阅览室里的众人，赶忙重整精神，伸长上身和脖子，听神探往下说：

首先，汝先生遇害时，岛上每个人都有作案时间，特别是我们的几位嫌疑人，都没有强有力的不在场证明。

密室的关键，在于机关和手法。

我来给大家扫扫盲：很多密室案件都是由于凶手预先设置了除门窗之外的秘密通道，或在门轴、合页及链条锁上动手脚，这就是机关。

或者预先或临时，使用钓鱼线、猫狗或房内的某样工具辅助配合，要么就是藏人或开门之后趁乱错时杀人等，这些就是手法。

本案虽然发生在比普通房子更容易设置机关的集装箱简易房间内，但经过法证认真检查，已经排除所有可能的机关——也就是说，这房间只有两个门可以通行，链条锁也是完好的。

此外，很多手法也没有完成条件，比如这里没有任何钓鱼线与物体摩擦的痕迹，房间和家具不能藏人，岛上没有动物……

“照您这么说，这里不能成为密室，那您也就没有破解所谓的密室之谜啊！”夕小姐有点幸灾乐祸。

“抱歉，让你失望啦。”裕川介就像个顽皮的大男孩儿，“我，恰好破解啦！”

在众人的“哦”声中，警察署督察直奔主题——

汝先生的“密室”，并不属于“机关”，而属于“手法”。

请大家回忆发现死者的情景，地上有滴落的血迹，虽然被你们踩得乱七八糟。但至少证明汝先生被刺后，曾经在地上走动。可他最终还是因为失血过多，倒在沙发上气绝。

这里有 N 个奇怪之处：

奇怪一：凶手带着刀子，汝先生怎么会让他进入房间？

奇怪二：汝先生是大男人，对方拿出刀子，他总要反抗一下吧，为什么现场并没有激烈打斗过的痕迹？

奇怪三：既然汝先生遇刺能走动，他为什么不赶快离开房间，到外面呼救？

奇怪四：为什么不打电话，或者用对讲机呼叫总台求救？

……

我们一起来分析，假如我们到一个陌生的酒店住宿，原则上有两种情况，我们会打开房门，允许对方进来：一是我们的熟人，二是酒店的工作人员。

刀子倒是小问题，装在包里，藏在袖子里，夹在物件里，都有可能顺利混进门。

接着把刀子掏出来，牢牢握住，再近距离、准确地刺中汝先生。在这段时间里，怎么能做到让对方不反抗？

有人说，凶手冷不防出手，汝先生措手不及呗！亲人们啊，你们怕是武侠小说看太多，在现实生活中，狭小的酒店房间里有人在你面前掏刀子，怎么会完全没察觉？是个男人，手臂一抬，就轻松挡掉啦。就算打不过，也能招呼半天，完全有时间又喊又叫。

还有人说，汝先生酒喝多，或被下迷药。亲人们啊，你们怕是言情小说看太多，一大清早，没人见到汝先生喝醉酒，法医也证实他没嗑那些不该嗑的东西。

那么，就是一种可能，凶手拿出刀这个动作，对于汝先生而言，是非常自然的行为。然后，凶手把刀子握稳，再猛然刺向汝先生，他就不容易躲开。

至于受害人在有条件的情况下，为什么不离开房间，只有一种可能——他认为“外面”比“里面”更危险！所以，宁肯待在房间，也不敢走出去。

喊不出声就更简单，身受重伤，特别是刀伤在颈部和气管，有几个人还能夸张地大声嚷嚷？

电话和对讲机，很有可能是凶手在刺伤汝先生后，就在他的眼皮子底下，带走这两样东西，让他无法求救！

正说到这里，窗外又是阵阵闪电，伴着轰隆隆的滚雷。风浪加大，已经变成“船”的小岛又开始颠簸，每个人都皱起眉毛。

裕川介看手表，又是全新的一天，现在是大年初三的零点一刻。

可惜啊，还不是睡觉的时候，不过就算赶众人回去睡觉，这些人怕也睡不着！铺陈这么久的一场大戏，像编织一只巨大的竹篓，线头逐渐收拢，最终把真凶装入篓中，清炖还是红烧，只能听警察安排。

“我现在就来还原案情。”

裕川介把大家的注意力重新集中在自己的身上，最精彩的环节，马上就要上演！各种疑问，马上都能找到答案——

早餐过后，凶手见汝先生一个人回到房间，便端着事先准备好的水果来敲门。汝先生见送水果，就让其进入房间。这两人的对话内容我们不得而知，凶手拿起放在果盘上，一把磨得十分锋利的餐刀，刺中汝先生的颈动脉和气管，接着就连刺他的胸部。

汝先生疼痛难忍，倒在地上。凶手抓起受害人的手机和房间里的对讲机，端起水果，带上餐刀就往外跑。

这时候，请大家注意，划重点啦，我们的第二位凶手出场！

此人急忙跑过来，关切地查看汝先生的伤口。汝先生如同抓住救命稻草一样，眼里含泪。

第二位凶手“善意地”帮他把露台的门挂上链条锁，嘱咐他，千万不要往外面跑，伤害他的人很可能还在附近！

“我现在就帮你去喊人，你要撑住啊，一定把门关上，锁住，保护好自己！”第二位凶手这样告知汝先生，甚至“指导”受害人，如何按住血管，可以减少出血。

我们可怜的商人，双胞胎姐妹的情人，“黄背心”小 a 的父亲，虚弱地点头。按照“好心人”的建议，用尽最后的力气，把门关上，挂上链条锁，回到沙发上，静静等待大家救他。

可惜，他等来的是死神……

而我们的第二位凶手出门，与第一位凶手汇合。两人在窗外观察，确定汝先生不能动弹，直到手臂耷拉下来，这才离开。

后面的事情，大家都清楚，而且很多人亲眼见证……

10

“亲爱的薇小姐，您看我说得对吗？如果不对，您可以补充。作为这三起案件的凶手之一，您应该比我，更，有，发，言，权！”

说话间，裕川介猛然站起身来，直奔端坐在椅子中间的兼职女大学生，扔砖案件的重要嫌疑人，“吃货娃”。介督察左手拧住她一直放在红色制服上衣口袋的右手手腕，径直拎出来！

“啊！”

有人叫出声来。

薇小姐的手心，有一个黑色的圆形遥控器，上面有个红色的按钮。

裕川介手掌发力，薇小姐吃不住劲儿，“哎哟”一声，遥控器“啪嗒”掉在桌上。叶警官先于肉经理，把遥控器抢在手中。

“这一晚上，我都在盯着你，我们的绝对女主角！”

裕川介松手，甩甩手臂，坐回自己的位置，“对女士我没打算这么直接，哪怕你是犯罪嫌疑人！本来还想再卖卖关子，玩玩“猜一猜”的游戏。但我发现你已经把手放在这儿半个多小时。看你额头越来越多的汗，唇毛都湿透了，保不齐哪一秒，你就会突然按下按钮，把F岛和我们一起送上西天！”

“这是，小啸给我的……”

“抓你个现行，你还在胡说！”肉经理对着薇小姐挥着拳头。

“爱信不信，我正犹豫要不要把它交出来，而不是按不按下去。”

薇小姐擦一把嘴上的汗，倔强地揉着自己的手腕，眼泪汪汪的。

“孩子，别演啦，就快散场啦！”

裕川介语气温和至极，“你的手一直偷着按呢，只是，你还没蒙对密码组合。”

肉经理补充:“是的，虽然这个遥控器只有一个按钮，但并不是按下就立刻爆炸。我也得防备着自己误触，把整个小岛炸上天去。”

“是摩斯密码吧?”神探问岛主。

牛内先生点头，“您猜得完全正确。我用摩斯密码作为遥控器的密码，一顿瞎按没用。”

“但是凭借你的聪明，早晚能够猜出这个密码与牛内先生的儿子有关，通过反复试验，说不定你就会按出正确的组合，把我们统统炸死!”裕川介转向薇小姐，“你这种女孩儿，看起来人畜无害，但实际上非常狡猾，非常狠毒!所以你的父母也很苦恼，可惜木已成舟，他们甚至想断绝与你的关系，当然这不是我们今天聊的重点。”

薇小姐抱住肩膀，手指不停划拉着两侧脸颊上的泪水。

“如果说九年前的案件，你还未成年，即便定罪估计也是缓刑。现在，我们必须掰扯一下杀人重罪!死刑啊，孩子，虽然是注射的那种，但听说也会特别疼，不是安乐死那么简单。很多犯人半路醒来，叫天天不应，叫地地不灵，痛苦不已，只能忍着……现在，这一切，已经在前方向你招手了。”

F 岛上警方最高指挥官刻意压低声音，午夜听来尤其毛骨悚然。必须承认，“死刑”这个词，和这样的描述，瞬间击垮了薇小姐。

糖小姐、夕小姐也一脸错愕，冷汗湿透后背。

“小薇啊，‘采访’你一下，杀人时，你有没有想过死刑?”

裕川介像位苦口婆心的老父亲，可在眼前的状况下，他不可能扮演任何人的至亲。此刻他只有一个角色，那就是法律和正义的化身。

“你还这么年轻，前途一片大好，可以找一位帅小伙儿，生一群可爱的孩子，到处旅行，做快乐吃货……唉，你杀人时，为什么把这些都抛诸脑后?”

“我没有杀人，再说最后一遍……”

这句话气若游丝，从犯罪嫌疑人的口中虚弱地飘出来。

裕川介从叶警官手里接过遥控器，“啪嗒”“啪嗒”地按着，就像把计算器当玩具。

“老肉啊，你鬼死不死，装一排炸弹，不知道想自杀还是想杀人。但很遗憾，我们的护航船，已经派出拆弹专家，在水底下给你全拆掉啦！什么摩斯密码，密码组合，统统见鬼去吧！”

裕川介把“玩具”丢回肉经理的怀里：“除了水下，小破岛上竟然也装满了炸弹，万一引爆伤害无辜，你不愧疚吗？！多亏我的两位同事地毯式搜查，帮你一窝端啦！”

岛主，化名牛内先生的这个人，悔恨地低下头。

“你们呀，都把杀人当儿戏啦！这可是人命啊，活人啊，怎么在你们的眼里，就那么廉价？”

结束“道德修养课程”，裕川介还是转身面对这位丰腴的女生。她发抖的模样，一般人真的不忍心再指责。可惜，警察是“二班的”：

亲爱的薇小姐，背景调查时，我们已经掌握你的基本信息、学历背景。直到你公然撒谎，说岛上没有你的老熟人，我才认真留意你。

这里不仅有你的发小，也是一起扔砖头的小学同班同学，还有同学的爸爸、妈妈，甚至还有班主任老师！

算了，我干脆不给你狡辩的机会——

你可以说，不记得同学父母的长相，班主任老师整容、化妆，也认不出。但你的小学同学，总不会不认得吧？

他一没整容，二没刻意隐瞒身份，三没改名改姓，你们一起培训，在接待处迎接客人，一起到牧慎先生的房间，查看蜜小姐的尸体，不会还认不出彼此吧！

那你，为什么要撒谎呢？

你的这种行为，就叫作细节悖论。你学习不怎么样，叔叔给你科普一下：

当你怀疑一件事儿的真实性，首先得回到让你产生疑问的那个细节。这个不经意的，看似合理却又自相矛盾的细节，就是证明这个事儿真实不真实的最关键的证据！

听不懂也没办法，以后如果还有机会，一定好好学习呀！

总之，我揪着你撒谎这个细节，深挖下去，就足够了。

孩子，为了你，我一把年纪，还不得不在这个岛上做出不少外人眼中拙劣无比的表演！

很多人误解凶案，以为这是凶手的舞台，其实警察的戏份同样不轻呢！

在这个漂浮的巨大密室，凶手“谢幕”后，也无法离开F岛，便隐藏在暗处，密切观察周围和警察的一举一动。

我也早就清楚自己的角色，喜欢用“猎人”自比——

好的猎人不仅要枪法准，更要会设置陷阱。从双脚踏上F岛的那刻起，我就开始为“最后的表演”精心准备。

首先，我一次次刻意地看手表，与旁人核对时间，就是要对凶手强化时间点位的概念，这是一种“驯化”。这时，我还没有想好如何设置“陷阱”，但我知道，先把“弹药”预先埋在这里，也许后面会用得上。

其次，我毫不掩饰自己的短处，我有神经性贪食症，非常严重，就像只饿得眼睛发蓝的杂食动物，逮到什么吃什么，别人给什么吃什么。就这样，警察的致命硬伤就被凶手“掌握”。我确信，真正的凶手，会牢牢记在心里。

我这样做，就相当于把诱饵投入陷阱。万一没有更好的诱饵，就献出自己，作为凶手的目标。

最后，也是最关键的一步，将凶手逼进我的陷阱——我这位警探对此驾轻就熟。我只要假装已经破案，信心十足地在众人面前宣布，将要在某一个时间点指认凶手，但在揭秘前，又故意“预留”出一段时间，再把自己这个诱饵“放单儿”，一切齐活儿！

结果，你按照我的计划，顺利来到陷阱里——

你和小啸先给我下泻药，我的乖乖，这量可真不小啊！

为了利用神经性贪食症把警察先搞趴下，你们从岛上医生那里偷来泻药，一股脑都喂给我。真行啊，那可是 10 个人吃的分量，差点送我归西！

第二次上岛，小啸已死，我向凶手宣战，你慌了神，故伎重演，先给我下安眠药，再到我房间里，打算利用你的护理专业知识，按照杀汝先生的方法，刺穿我的心脏，割破我的颈动脉和气管，让我一下子死得透透的！

别反驳，你连招儿都是一样的。

端个餐盘，里面摆着简单洗洗的苹果和什么乱七八糟的。在厨房磨得锋利无比的餐刀，就明晃晃地放在盘上。胸口的扣子半敞半开，大摇大摆地端进我房间。

姑娘，这招太险，你的胆子也忒大啦！

我是谁啊，裕川介啊，全国警队擒拿冠军啊，你来暗杀我，你是不是脑袋进水？！我估计你不知道，你就是凭着自己的那点匹夫之勇，净干傻事！

好在，你没找到机会，从门口退出去。不然你的胳臂，我会当场给你撅折喽！

接下来，你发觉临近下午三点，就是我预告的“推理秀”时间。你已经没辙，便临时跑到仓库，拿出一些木架子，淋上备用发动机的柴油，放一把火，打算拖延我对你的指认。

你做的这一切，掩饰在岛上工作人员的身份下，确实令人难以防范。

但你要知道，我一次次强化时间点的目的是什么，就是要给你的潜意识里埋下压力和紧张的定时炸弹——只有凶手才会抓耳挠腮，才会比别人更加“主动”。你忙活来忙活去，留下的线索也就会更多！

“既然你说我进入房间，要拿餐刀杀你，为什么不当场把我制伏？！”

薇小姐斜着眼睛，用眼白瞪着督察，嘴角吹着气。这姑娘很容易就从高度紧张的情绪中缓和过来。

“遥控器，因为你有随时可以引爆整座小岛的遥控器！”裕川介递给肉经理一个责怪的鬼脸，“在没有全部拆除水下和岛上的炸药之前，我不会真正指认你。”

“你怎么就能确定遥控器在我这儿？”

“是你自己讲的。你主动告诉叶警官有人翻你的行李，我就猜出是你的‘宿敌’岛主肉经理。炸弹只能是他安装的，他甚至不怕你认出他，也要明目张胆去寻找的，就只能是遥控器。”

“你讲的这些，我一点也没听明白，我只想请问，我究竟杀了谁？！”

“蜜小姐、汝先生、小啸，还准备杀我。不过，前两件案子，是你和小啸联袂出演，后面是你的独角戏。”

薇小姐冷笑，接着又咧开嘴巴大笑，小时候舔牙龈长成的歪斜牙齿，一股脑涌出来：

“多么拙劣的指控啊，既没有作案动机，又不能描述过程，更缺乏强有力的证据，仅凭你所谓的推测，就能判我死刑吗？！”

裕川介完全有备而来，迎头直面嫌疑人的质问——

我现在就重现你们的整个犯案过程，这其中就包含你们的作案动机，不需要你再来额外赘述。这些内容，我不敢保证 100% 一字不错，但每个关键环节，绝对都是正确的！

最后，我将拿出，让你心服口服的证据。

送你舒舒服服地躺上，属于你的死刑注射台！

11

F 岛工作人员培训，你偶遇小啸。

故友见面肯定尴尬，因为你们不是一般意义上的朋友，可又不能假装不认识。这是你在小学五年级转学后，第一次和“抛砖案”的相关人员重逢。

回顾你们的经历，花开两朵，各表一枝：高中没毕业，小啸就在外公、外婆开的餐馆帮工，叛逆的男孩儿和老人闹别扭，跑出来到码头找份小差事。而你，学业不算出色，但还是进入一所普通院校，在读护理专业。

你们刻意回避九年前的“那件事儿”，他不提，你不说，在肉经理春风化雨的“亲切关怀”下，聊着聊着，气氛就轻松起来。

毕竟，这是一份高薪兼职，对你、对小啸而言，都是从天而降的幸运。

初到岛上，你们被安排在接待室，本来很轻松愉快，直到除夕正午 12 点，糖、蜜小姐和汝先生一行抵达，才让一切变得不同。

你们一眼就认出班主任，不过却是双胞胎。检查证件，又发现另一位是发小的爸爸。你们有点慌神，不知道接下来会不会有什么麻烦出现。

午饭后，按照肉经理的指示，小啸整理仓库，清点救生设备。

这时你溜过来，扯出来两件救生衣，找个稳妥的地方藏好，再叫小啸把仓库剩下的救生衣和救生船偷着搬到沙滩，藏在荆棘灌木从里。

接着你又通过购物 APP，下单购买手机和网络信号屏蔽器，额外花一笔很高的送货费，请店家送到沙滩公园，从一人高的灌木丛那边丢过来。

小啸问你这是干什么。

你说，你有很不好的预感，这个岛怪怪的，“老熟人”也上岛来，必须做些准备，救生衣只留你们俩的。从现在开始，就像小学时一样，尽量都听你的。

小啸很不情愿，但还是答应下来，因为从小你就鬼主意多，再说现在你们俩是一条绳儿上的蚂蚱。

嘉年华还算称心如意，肉经理把你们当成左膀右臂，年轻人喜欢热闹，你们也很享受这个过程。

可是，除夕十二点之后，让你们最最担心的事情，还是发生了——

你和小啸整晚都在默默关注糖、蜜老师和汝先生，客人散尽，跟踪他们来到健身房，听到三个人在里面吵架。

他们吵架的内容，竟然和你们两人有关！

原来，不仅你们认出她们，这些成年人也认出九年前的孩子们。

蜜小姐喝了很多酒，大声嚷着要下岛回家，不希望再回忆或重新卷入“那件事儿”。糖小姐没吱声，汝先生却坚决反对。最后三个人没吵出什么结果，结伴回到糖小姐的房间，一直待到凌晨一点。

你们两人蹲在糖小姐的房间外面偷听，原来他们也在争论当年究竟是哪个孩子扔下那块砖头，又扯起“钱”的事情。蜜小姐情绪特别激动，你们便认定班主任老师就是双胞胎里的这一位！不久，她一个人摇摇晃晃走出来，回到自己的房间。

小啸浑身发抖，站起身就想跑，还准备收拾东西立刻下岛，被你一把抓住。

你质问小啸为什么要临阵脱逃，小啸却突然变脸，指责是你当年扔砖头杀人，害得大家一辈子东躲西藏！你就是始作俑者，害人精之类的。

这时候，你一言不发，丢下小啸，径直往蜜小姐的房间冲，他只能跟上你。

你虎着脸用力敲门，蜜小姐把门打开，先愣一下，接下来叫你们有话进屋说。你摇头，要请老师到外面走走，蜜小姐同意，感觉夜里风凉，便顺手拿起沙发上，下午从牧慎先生那里要到的那件牛仔服当成外套。

你们沿着小路先到主广场，见那边有工作人员在打扫，便又折回蓝色区域健身房。

蜜小姐酒劲儿一直没过，整个人东倒西歪。她说一辈子都不会忘记你们，在接待室的时候就认出来了，碍于人多没有打招呼，因为你们改变了她的一生。

即便换发型，减肥，整容，自己以为会变成另一个人，但其实都不会，注定难逃命运的惩罚之类的话。

你这时抢白："我改变了你的一生？！开玩笑吧！"

蜜小姐听到你的话，立刻暴跳如雷。她大声指责，都是你们这群小王八蛋害的，让她现在过着自己完全不喜欢的生活。

当年她包庇你们几个孩子，校务会还是有很多质疑声音，不久就被寻个借口开除。失业后，一直找不到合适的学校，沉寂好久，才开始和双胞胎姐妹做起直播。

和姐妹不一样，她并不喜欢在互联网上撒娇卖萌、取悦他人的生活，甚至很厌恶！可这份工作收入相当不错，又有"明星"光环，她只能屈服，骨子里还是喜欢做老师……

老师说得起劲，可你也不是眼睛揉沙子的主儿，一直在争辩。

两人话不投机，气氛越来越僵。

忽然蜜小姐大声嚷嚷，要你们每人给她一笔钱，往事就算翻过去！否则的话，她打算把作伪证的事情讲出来。因为自己的损失太大，为了你们这些小屁孩儿，实在不值得！

小啸说："我们家里已经给了你们钱，现在为什么还要，这不是敲诈吗？"

你也帮着小啸，双方又吵起来，一边说给了钱，一边说没收到。

这时蜜小姐叫嚣着，不给可以，你们折磨我九年，我要加倍报复，把你们扔进监狱，再让你们身败名裂，把你们的一生彻底毁掉！！！

看着歇斯底里的班主任，你，薇小姐，已经动了杀机，顺手就拿起健身房架子上的哑铃。

正这工夫，小岛晃动，拖船队开始拖船。

蜜小姐不明就里，往自己的房间方向跑回去，你和小啸赶忙快步跟上，把她再次截住。

"蜜糖老师，咱们就在今晚把话说清楚吧。给钱可以，商量出个准数。"

蜜小姐欣然答应，于是你们一左一右架着老师，往她的房间走。

正在这时，你们突然看到牧慎先生歪斜地趴在夕小姐的门外，正用手一下一下拍着她的房门。

对！

整晚上慎先生和夕小姐腻在一起，从接待室开始就眉来眼去，在树丛里又搂搂抱抱，估计现在，要做苟且之事！

你示意小啸，对方立刻心领神会。

两人架着蜜小姐转头来到牧慎先生的房间，用工作人员的万能房卡打开房门，把蜜小姐推倒在地。

酒醉上头的蜜小姐，并不知道身在何处，她也没有反抗。

此时在客人的房间里，随时会被人撞见，已经由不得再多犹豫——

小啸用哑铃猛击受害人的后脑勺，很快，蜜小姐就咽气。可是薇小姐你还不解恨，朝着她的嘴，狠狠砸下来！

一下，两下，三下。

小啸拦住你，“不能只砸嘴，这会被发现！”你们又用哑铃砸受害人的整张脸，直到血肉模糊，五官都难以辨认。

蜜小姐的脸已经变得十分恐怖，你们俩也不敢再直视，便把她翻个身，让尸体侧躺在地板上，这才潜出慎先生的房间。

凶器哑铃，直接丢入海中。

你们再用海水，把脸上和手上的血彻底洗干净。制服虽然是红色的，可以隐藏血迹，但如果警方认真追查，马上就能验出血迹反应。所以，你们俩赶忙到小仓库中每人换上一件绣有自己名字的新制服，带血的旧制服就藏在果岭的树丛下面，这才重新混入工作人员队伍……

夜已经太深，裕川介不想耽误，马上进入案件二和案件三的案情重现——

你们杀完蜜小姐，初一清晨，我们警方上岛。

小啸按照你的吩咐，潜入主控室，偷偷把路由器拔下来，再把你买的信号屏蔽器插上，这样手机和网络信号就全部消失。

从牧慎房间出来，送伤心的糖小姐回房间后，汝先生拦住小啸，质问他，是不是杀害蜜小姐的凶手！

这里解释一下，汝先生并不认识你，当年的小薇。男孩子整天一起玩，汝先生对小啸比较熟悉。并且汝先生主观判断，能把蜜小姐挟持，并使用钝物砸死，应该是男性所为。

小啸当然坚决否认，一口咬定与自己无关。汝先生指着小啸的鼻子，警告他别搞名堂，晚点自己想想条件，再找他问话！

仓皇逃离汝先生，小啸赶快与你商量对策。你们此刻不知道汝先生下一步打算怎么样，要提什么“条件”，很担心他也和蜜小姐一样，讹诈钱财。

一不做，二不休！

这次决定由小啸带着磨得锋利的餐刀，借送水果和整理房间之名，找机会杀掉汝先生。再把手机和对讲机拿走，让他不能报警！

早餐过后，小啸出动。汝先生虽然有点迟疑，但还是让他进屋，毕竟他穿着整齐的制服，托着银色的餐盘，上面是水灵灵的桃子、苹果。

小啸按照你教的方法，握紧餐刀，先猛刺受害者的心脏，趁他弯腰捂住胸口时，再刺颈部动脉和气管。可惜，慌乱之中，没有医学知识的小啸刺偏，转身跑出来。汝先生并没当场死亡，捂住伤口想往外跑，喊人求救。

此时，躲在暗处的薇小姐你，赶忙冲出来，“好心地”拦住他。

就在这一秒中，灵光闪现，你想到一个制造所谓“密室”的方法，既可以将汝先生困住，将来也能干扰警方破案。

这个方法，在前面我已经讲得很清楚。

之后，你们按照上次处理凶器的方式，往织网里一丢。再用海水洗脸洗手，到仓库快速换衣服。染上血迹的制服，还是只能暂时藏在果岭的树丛沙地下。

接着，小啸故意去夕小姐的门外，恶作剧般敲她的房门，再留下吓唬她的纸条。肉经理安排你从主控室到夕小姐的房间查看，这正合你意。于是你骗她，说汝先生要找她。

我解释一下你们这样做的目的：蜜小姐被你们放在牧慎先生的房间杀死，你们主观上认定慎先生与夕小姐有染，汝先生是蜜小姐的情人，又打算勾搭夕小姐。哎呀，瞧瞧这个乱呀！

虽然年纪不大，但你们懂得利用成人这种复杂的男女关系，干扰警方对案件的侦破。

沿着这个思路，你还自以为聪明地找到叶警官，说听到汝先生和糖小姐争吵，除夕夜又听到汝先生和糖、蜜小姐一起吵。你拼命诱导警方，想把糖小姐也卷进去，总之嫌疑人越多越好，最好弄成一锅粥。

就这样，你们完成第二次杀戮。

再说最后一件案子，小啸之死。

你们给我下了泻药之后，我果然就‘黏’在马桶上，你们对我放松一点警觉。

这时候，肉经理的古怪举动引起了你们的注意，你们意识到，这个人，这个岛，可能有一个更大的秘密！

你们跟踪肉经理，发现小仓库的地板上有个暗格，他在里面藏着东西。等他离开，你把这只小遥控器翻出来，藏在制服口袋里。

一个专门藏着的遥控器，肯定很重要！你猜测，如果按下，可能就将有与小岛生死存亡直接关联的后果发生。

小啸又害怕退缩，劝你还是把这个劳什子放回原处，不要再节外生枝，可你不听。

果然，肉经理发觉“命根子”不见，到处翻找。他逼问小啸，让他马上交出来，小啸此时出卖你，坦白遥控器被你拿走。

肉经理到你的房间大肆翻找，甚至毫不避讳，站在你的床边。他完全不怕被你看见，因为他已经准备与你和小啸做最后的对质！

你有点慌神，故意告诉叶警官，自己生病要下岛，还有人偷窥你的性感身材，甚至打算偷走你的内衣——想借警方威慑肉经理，让他不敢再轻举妄动。

此刻你已经气急败坏，找到小啸，怒斥他为什么和肉经理坦白，小啸劝你尽快收手，两人争取逃离 F 岛。

你指点着小啸的鼻子，警告他：“我们现在是一对难兄难弟，你如果再轻举妄动，害死自己之外，也会害死我！”

突然，你意识到一个重要细节！

是呀，兄弟成对，哑铃也成对。健身房如果少一只哑铃，就会被警方联想到杀害蜜小姐的凶器。

正好海鸟上岛，大家的注意力都被吸引。

机不可失，你和小啸赶快溜进健身房，把 4.5 公斤哑铃的另一只拿走，准备扔进海里。聪明的你马上又意识到，其他 0.5 公斤的哑铃也应该一并带走，这样才能万无一失。

这么多哑铃大张旗鼓，不好拿，你命令小啸去取小推车。

你们在果岭的树丛里潜伏，寻找四下无人的机会，这里没有集装箱，不远就是岛的边缘。

小啸不停地埋怨你，翻小账，就像提前进入更年期——

杀蜜小姐是你的主意，杀汝先生也是你的计划，偷遥控器，甚至害警察，这样简直是找死！早知道还不如赔点钱，让蜜糖小姐闭嘴了事。

最后，他又讲出那句让你瞬间丧失理智的话：

九年前，你就是杀人恶魔！

他说完这句话，你已经举起手中的哑铃，径直朝他的头顶砸去……

12

“很精彩，虽然听得我又困又乏！”

薇小姐懒洋洋地站起来，故意把嘴巴张大，挤出一个假哈欠，“我觉得您不是警察，应该是编剧，要么就是写推理小说的。”

“坐下，别乱动！”叶警官呵斥。

“凶什么，警察了不起，证据呢？！”

裕川介用鼻子哼一声：“孩子呀，你可以‘点菜’，因为人证、物证俱全，由不得你抵赖！”

“人证。”

薇小姐重新坐下，跷起二郎腿。她没穿丝袜，包臀短裙下面的皮肉白花花地露着，这是年轻最大的资本。

裕川介露出瓮中捉鳖的表情：

上岛开始，除了给你挖坑设诱饵，我还忙着交朋友呢！

你们呀，太以自我为中心，包括肉经理，只盯着主角们的表演，自己也投入角色，却忘记这个小岛上，还有上百位群众演员和工作人员！

这些人既不傻，也不聋，更不瞎，要论才华和演技呀，比你们都强呢！

在岛上溜达，我很快就和岛上的“客人们”打成一片，第二次上岛还特意带来两位帅哥警员。几位大姐尤其配合，甚至还把“剧本”给我们欣赏。

一个有趣的细节，就是被我猜中的打麻将的问题。剧本中清楚写着：“由于制片人不喜欢麻将，岛上没有麻将机，如被问起，就说‘不喜欢’即可。其他难以回答的，不能解释的，也一概用‘不喜欢’这句台词儿敷衍。”

回到正题，你们在巴掌大的人工小岛上，这样大张旗鼓地吵架，喝醉酒闹事，还歇斯底里地，一会儿杀个人，一会儿放把火，闹腾得没边儿啦，却不知道一群看客在帮你们记录着呢！

这些老戏骨“群演”上岛，比普通演员更加敬业。难得的参演机会，除了按照剧本行动，他们躲在各自的集装箱小屋，铆着劲儿想给自己加点戏，多露脸。

只见一个个睁大眼睛，竖着耳朵，真真是眼观六路，耳听八方，全都是影帝、影后级别。

而且光偷听、偷看还不过瘾，甚至还有手机视频为证！

我刚才所讲的案件回顾，完全不是我编的故事，而是根据上百位“目击证人”的详细陈述，如实地记录下来，再一点一滴拼凑起来的。

不瞒你说，思维导图我都画满了整个笔记本。

特别是在“预告”推理秀之后的几小时，我虽然没出现在你们眼前，但整个岛上的眼睛，都在紧紧盯着你们！

什么送水果借机杀我，放一把比萤火虫大不了多少的小火苗，我都不想重复。孩子你傻不傻呀，一大把人正在有滋有味地看你表演独角戏呢！

这么多的证人，又和你们没有任何利害冲突，完全没有作伪证的动机，所以他们的证词和手机视频，在法庭上绝对有效！

当然，如果你觉得这些人证不足以送你上断头台，你有抵赖的余地，那还有我呢！

我，警察署裕川介督察，也是强有力的人证之一。

话说，你这个孩子，是不是以为杀掉我，就能彻底逃脱法律的惩罚？

趁着停电，一片漆黑，你握紧餐刀，直奔我的胸口而来！下手这么快准狠，如果用在护理学专业上，你将来肯定会是一位特别优秀的白衣天使。

可惜啊，你披上魔鬼的黑袍子，把天赋用错地方，用来杀人，真是玷污这一伟大的职业！

这次我没躲过，警察也是人，我被你刺中一刀。你又想故伎重演，割断我的动脉和气管，可就没那么容易啦！

接下来的一刀，我轻松躲过。不过遗憾的是，瞬间的剧痛，令我眼前一花，让你趁黑跑掉。但在这样近距离的接触中，我这位资深警察，也在你的身上，留下就算洗澡、换衣服，也无法抵赖的铁证！

一道，在你胸口上的，抓痕。

你的体态累赘，却很灵活，还是因为年轻的缘故。但胸大也是缺点，骨头跑得快，肉跑得慢。我的胳膊肘去挡你的第二刀，无意中碰到一团柔软的物体。

我其实早知道是你，这下更加确认，就忍着痛，伸手狠狠抓一把！

——孩子，我不是变态，也不是色情狂，请相信我！

这一下，我使出全身力量，虽然没能牢牢抓住你的衣服，但肯定抠到你的皮肉。就算隔着制服，也会有明显的痕迹，等下叶警官会帮你检查。其实，有没有痕迹不重要，因为法医在岛上，她有非常专业的方法，可以轻松验证出，一周之内身体上形成的所有肉眼看不到的痕迹。

关于你的胸口，还需要再聊几句：

肉经理告诉我，为了换洗，岛上每位工作人员都有两套用金色丝线绣着名字的制服，其他备用的还有几十套都在小仓库，自取自用，脏的丢在筐子里即可。制服由外包公司派来的保洁人员统一清洗、熨烫。

岛上定制的工作制服适合普通人的身材，不合你的尺寸，所以你胸口的扣子总是崩开，我的注意力就是这样被吸引到那里——

汝先生被杀害之后，你和小啸，再也没穿过带金色丝线名字的制服。

你放火的真正目的，是想把绣着你们名字的四件带血制服彻底烧掉，毕竟在这个漂浮的岛屿，处理这些证物十分棘手。警方如果查起来，就说扔到筐子里，你们也不知道下落。我们赶来救火时，制服已经被烧成灰烬，但是请放心，我们还有法证。

现在不是拍《无声的证言》和《法证先锋》，我就不再赘述过程。

薇小姐脸色惨白，已经说不出话来。

“你还要物证吗？当然，上了法庭，我们同样需要物证指认你！”裕川介知道已经将猎物的喉管掐紧，此刻必须手腕发力，不能再留任何情面，“在三起案件中，你都给自己留下了铁一般的证据！”

裕川介拿出早就准备好的东西，一字排开，放在阅览室的书桌上。这是装在写有数字编号的、透明小塑料袋里的微小物体。

“第一件，是在蜜小姐的脸上找到的，和她的血混合，黏在头发里。”

“什么？”

好半天没戏份的“工藤新一”凑近，想要看个仔细。其他人也把脸伸过来，表情各异。

“是小钻石。”

“我想起来啦！”牧慎手指着三天前为自己填表的女接待，“这是薇小姐的，她带着一颗镶满这种碎钻的戒指！”

裕川介满意牧慎的记忆力，补充道：“蜜小姐的尸体只有糖小姐碰过，这颗小钻石明显是属于凶手的。是用力砸死者时，从凶手手指上掉下来的！看来，你应该好好学习，好好工作，多赚钱，买一整颗大钻石。”

薇小姐此刻的眼神，就像屠宰场等待被扒皮刮骨的动物。叶警官把她的手扯过来，剥下这枚戒指，果不其然，正好少了一颗。

“别急，还有第二件东西。”

裕川介拿起另一个小塑料袋，这里面的东西更小，肉眼几乎看不清，“这是脱离下来的一点女性指甲油，在搬运小啸尸体的小推车里发现。小推车被水清洗过，指纹也被擦拭干净，但这片指甲油却附着在车斗里面。请问，不是凶手的，还会是谁的呢？”

“还有第三件，是卫生纸，在汝先生的卫生间找到的……”

“别说啦！”

薇小姐打断裕川介，也顺便卸下最后的犀利和傲慢，好像对着镜子中的自己，彻底坦白：

是的，我的确有段不堪回首的往事，这也是我的人生到目前为止，无法磨灭的污点。

小学时我是假小子性格，成绩不好，但作文却是特长，语文老师经常把我的作文当成范文在学校朗读。这是我学生时代唯一受表扬的机会。

可惜，隔壁班出现另一个男生，老师认为他的作文比我的更精彩，而且他成绩好，又会画画，从此只念他的作文，也不再表扬我。

这巨大的落差，折磨着小小的我，甚至夺走我的全部快乐！

某天放学，我和三位玩伴儿相约到学校旁边的大厦顶楼玩，那里有个大水池，可以洗脚和打水仗。路上买一根玉米棒，好像是小啸帮忙出的钱，我就边走边啃。

我承认，是我提议到这儿来玩。我也知道，那个男孩儿的家就在这栋大厦。

当天稀里糊涂，我们听到楼下有人抬头在喊叫，就知道闯了祸！

四个人一哄而散，连滚带爬地从侧门的楼梯溜下去，各自躲回家里。第二天，在学校里听大家议论，我们才知道那男孩儿死了，当时很害怕。

后面发生的事情，在我的脑海里混乱成一锅粥！我越来越分不清什么是真实的，什么是想象的。

这时候，你们可以怪罪我父母！

都是因为他们，背地里把事情“处理”好，再轻描淡写地告诉我，整件事与我无关，忘记这件事，安心好好学习就行。不久又帮我转学，这么多年，也只字未提。

直到这次上岛，我才知道：原来这么多年，你们一直以为是我丢的砖头！！！

蜜老师这样说，汝先生也这样说，小啸这样骂我，你们都这样认为！

甚至还冒出了谁的月嫂，看到我没有脱衣服，就说我是杀人恶魔……

薇小姐双手捧脸，失声痛哭：

我真不是故意否认，如果九年前的确是我杀的人，我今天一定会承认，敢作敢当！但是在我的记忆里，我确实没有扔砖头，我甚至没碰过砖头，谁扔的，我也不知道。

蜜小姐，要讹诈我的钱，那是每人 200 万呀！她也未免太贪婪，这对于我和我的家庭，简直是天文数字，小啸更拿不出来！

而且，她这样的人存在世上，只要钱花完，就会不停地勒索，我和家人这辈子就彻底完啦！

我敢保证，如果不是她这样逼我们，我们是不会杀她的。

还有汝先生，他更加过分啊，是个真正的衣冠禽兽！

他说想想条件，原来是要我陪他睡觉，他想把我变成糖小姐和蜜小姐，抓住我的把柄，成为他随时泄欲的工具！

叶警官听闻，发出一声惊呼。

“那你，究竟陪了没……”夕小姐小心翼翼地问。

“不陪，能行吗？！”

薇小姐已经在吼叫，整个人剧烈颤抖，好像双手连在高压电线上：

那个姓汝的，比蜜糖老师更可恶！他把我和小啸叫到房间，直接提出无理要求……

如果不马上答应，他就会一直纠缠，让我们生不如死！！！

如果我就范，他承诺帮我们说服活着的糖小姐，钱不用我们出，今后相安无事，警察方面也帮我们摆平。

实在走投无路，我只能答应他，和他走进洗手间，小啸在房间外等着。

事情结束，我流着眼泪走出洗手间，看到小啸端着一盘水果，站在姓汝的房间里。

我明白，这是我们最初的计划，现在，已经用不上啦。

我正想朝小啸摇头，示意他把水果端出去。姓汝的洗完澡出来，笑嘻嘻地说：他经过认真考虑，钱是钱，人是人。

也就是说，钱，是蜜糖小姐要的，蜜小姐死了，糖小姐他摆不平，钱还是得出。人，是他要的，一次还不够，要我把电话号码给他，以后他会经常去学校找我……

接着，又肆无忌惮地拿我的身材开玩笑，说的都是下流至极的痞话！

我感觉天旋地转，眼前全是星星，双脚就像踩进粪坑里，并且快速下沉。

王八蛋！

出尔反尔，提裤子就变卦，这样的人，还配活在世界上吗？！

小啸还没听完他的话，抓起果盘上的餐刀，就狠狠刺向他的胸口。接着我也没看清，应该是连刺很多刀……

然后，他跑出去。

此时，房间只剩我和姓汝的。说实话，这一切就发生在几秒钟之内，我也被惊呆了！可是双腿没力气，一步也跑不动。

后面的情况，就和介督察所说的一致。

“这也就解释清楚我的一个疑问：为什么汝先生会把你认定为‘好

心人'，肯听你的建议，留在房间里等待救援？按理说，除夕夜蜜小姐哭闹，三个人商量对策时，他已经知道你和小啸是一伙儿的。”

裕川介语气不乏沉重，在一片死寂的阅览室里，好像只有他和犯罪嫌疑人还活着。

“是的，因为……”女大学生狞笑，“我握住他的手，叫了一声‘亲爱的’。”

“他以为，你和他一次，就会爱上他？！”糖小姐惊叫，“你，实在太阴险啦！”

“爱上他，求你别恶心我！”

薇小姐的眼睛喷出仇恨的火焰，直视前小学老师之一，“我可不像你和你的姐妹，嘴上说受胁迫，其实就是为了钱，心甘情愿委身于他！我只希望他死，一个刚刚强奸我的浑蛋，只有死，才和他的罪孽相配！”

“那小啸呢？”裕川介继续问。

“他更是浑蛋！”薇小姐喘着气，胸口剧烈起伏，“他明明和我是一个战壕的伙伴儿，我为了他，陪姓汝的睡觉，他却一直指责我，骂我，说我脏，说是我害了他，都是因为我才杀人。凭什么都怪我！凭什么都来冤枉我！”

此刻，这位女大学生已经癫狂，猛地站起来，一脚踢开椅子，站在众人中央，用已经嘶哑的嗓子叫喊着：

“不要冤枉我！别想毁了我！别来侵犯我！否则我就把你们全部杀掉！全杀掉！”

……

13

海上风平浪静，阳光“挤咕”几下眼睛，把清晨一并带来。

汽笛声声，拖船队远远露头，F 岛重回陆地怀抱的时刻，终于来临。

叶警官趴在桌边，盯着正埋头在食物堆里的裕川介，直到对方恋恋不舍地放下蘸太多芥末的寿司，又迅速灌下一大口黑啤，这才意犹未尽地推开餐盘。

此刻满头大汗的裕川介，就像毛还没干透的雏鸟。

女助手帮男上司斟满一杯用于消食的土耳其红茶，裕川介一仰脖，又是牛饮而尽。

“姐夫，饿坏了吧？”

“你说呢，十几个小时，啥也没吃，又这么费劲抓凶手。前十几个小时吃的，也早就吐掉、泄掉，只在我这里快速过了一手。”

“神经性贪吃症，也称为人肉下水道。”

“食，不是吃。”裕川介再次更正，“请尊重一下病人。”

“话说，你那些陷阱啊，诱饵呀，我仔细琢磨，发现实在不够靠谱，BUG 好多啊，你说犯罪嫌疑人，怎么就会上钩？”

“因为你不会去杀人，就不懂这些人的本性。”

“小薇和小啸有哪些特殊之处？”

“冲动杀人，代表冲动就是他们的本性。九年前杀人，今天也不敢承认，怯懦和自私就是他们的本性。”

“那岛主与凶手之间，人性上有什么不同吗？”

“善良的人，总会放缓邪恶的脚步；邪恶的人，迈开大步超过他。”

叶警官双手交叉，撑着下巴，用心琢磨着这句话的深意，她应该懂了。

手机“滴滴”提示，叶警官点开，浏览内容后递给裕川介。裕川介只瞄一眼，就把手机丢回来。

“真是无语，又被姐夫你言中。”

小姨子特别无趣，往椅子上一歪，但脸上还是写满崇拜。

“其实我一直想问，你会在每部电影里找穿帮镜头吗？”

“美好的故事，我就不找。”

“什么样的电影，算是美好？”

“简·西摩尔在湖边漫步，克里斯托弗·里夫走到她身边——这就是美好。

“时光倒流 70 年，似曾相识？”叶警官重新托腮，微笑，“你说，我姐是不是就喜欢你这种病态的人性，众人皆醒，唯你独醉的诗情画意？”

裕川介露出不屑回答的表情。小姨子完全不恼，继续笑眯眯：

“你认为新年嘉年华，是个好主意吗？”

“至少我喜欢。”裕川介争分夺秒，又拿起一块金黄色的烤番薯，“想到这个点子的孩子，是个天才！”

“如果明年还搞新年嘉年华，还在 F 岛上，姐夫会来吗？”

裕川介抬起头，认真想了想。有可能，但希望不是来破案的。

“除了好吃的多，你还喜欢嘉年华的哪些方面？”

“过年热闹。”

“咱们家难道还不热闹吗，爸妈，姐，你，小裕，还有我。”

“集装箱漂亮。”

“咱们家的房子，不比这个集装箱强？！”女助手简直怒了。

“那你还问？！”

等裕川介彻底吃饱，这才面对气鼓鼓的小姨子——

傻话！

新年嘉年华再好，我们怎会来参加？

爸妈年纪越来越大，能陪伴他们的时间越来越少。

还有你姐，每年过年都在家里做那么多好吃的，不吃浪费了怎么行？

小裕正是顽皮捣蛋的年纪，天天玩手机，不趁着假期教育他，万一他也变成熊孩子，该怎么办？！

最重要的，我们太过于幸运，没有资格来参加这场孤独者的聚会……

听姐夫的一席话，叶警官先是抿嘴微笑，转眼又若有所思。

“有件事我不得不讲出来。”小姨子放下手中的全部吃食，表情极其郑重，“我发现，小裕现在越来越叛逆，这可不得了！”

裕川介无可奈何：“是呀，我也发愁呢！我和你姐姐在教育理念上一直有分歧，在我眼里，她过分溺爱、纵容孩子，将我原本单纯、善良、上进的孩子教得越来越糟糕！”

两人说话间，窗外应景地冒出一片乌云，没来由地便把太阳整个遮住。

“我姐，千好万好，确实太溺爱小裕啦！”

唉，裕川介深深叹息：

咱家小裕，多好的孩子！一岁就会自己拿着碗吃饭，你姐姐却硬从孩子手中抢过碗来，一口一口喂他吃，还乐在其中。我认为太惯着孩子不行，你姐还怼我：“我就一个崽，不惯着他，惯着你呀！”

两岁儿子就会剪指甲，整整齐齐，你姐姐又要越俎代庖，活活抢过来指甲剪，生怕孩子剪到肉。

儿子再大一点，开始顽皮，揪别人头发，打别人脸颊，在餐厅大呼小叫，他妈妈非但不制止，还笑得前仰后合，认为孩子在释放“天性”！

现在成绩倒是不错，就是鬼心眼儿太多，上有政策，下有对策。平日里只能顺毛摸，不能逆毛摸，听不得一句批评。没有感恩之心，更没有明辨是非的能力。

就这样，你姐还自夸教育得好，认为小裕充分享受到了关爱，童年没有遗憾，还培养出具有领导气质的人格，长大会自然而然地走精英之路。

“这都是什么乱七八糟的理论？！”

“是你姐学的，一套一套，叫‘爱的教育’。听起来貌似有理，时不时搬出亚米契斯。可你姐不知道，孩子的教育也许真的只有一次机会，轻易放纵，错过了就是一辈子。估计亚米契斯，早晚会被你姐‘气死’！”

“这次，我们亲历一场真正意义上的教育悲剧，都要从中吸取一点教训！我也认为，小裕虽然是咱家的孩子，但教育好他，可不仅仅是我们家自己的事情呢！说不定未来会关乎很多家庭的幸福。姐夫，上岸之后我们快回家吧！”

“当然，一分钟也不耽误。”裕川介的眼睛也亮闪闪的，“有人辞官归故里，有人星夜赶客场。”

两人再望向茫茫大海，阳光又正从乌云中“腾”地窜出来，海面的阴霾一秒钟就消散得无影无踪。

如果仔细听，在大海的最深处，有种生物一边旋转，一边漂浮，发出绵长悠远的低鸣，也许是歌声吧……

故事后话

牛内，也就是肉经理，站在 F 岛连接沙滩公园的木栈道上，朝裕川介督察先挥手，再快步跑上来：

介督察！

感谢您，终于把可恨的凶手绳之以法。您不知道刚才看到小薇戴上手铐，被警车带走的情景，我真是百感交集！

我已经和妻子商量好，F 岛倾注了我们全部的心血，也是我儿子的灵魂归宿，就这样关闭，实在太可惜。

新年嘉年华确实是个绝佳的创意——孤独的人，在别人阖家团圆的时刻，聚集在一起狂欢，彼此抚慰。

您已经承诺，将尽快帮助我们解开九年前案件的全部真相，相信肉肉很快就能瞑目，我们的心愿也将彻底了结，不会再执念下去。

所以，明年我们还会举办新年嘉年华。不过这次可是真正的嘉年华，再没有演员和杀人犯之类的角色。如果可能，我们还打算永远办下去呢！

欢迎您和家人再次来到 F 岛，开启一场梦幻的旅程吧……

“成！”

裕川介满口答应，“不过……”，督察又卖关子。

“不过什么？”肉经理满脸轻松的笑容。

“你，确定不和牧慎先生商量一下吗？那位真正的岛主，受害人的亲生父亲，你能替他完全做主吗？”

肉经理抿着嘴，还是笑。

“兄弟，你还装傻呀，演得太好啦！”裕川介拍拍他的肩膀，“我到处找穿帮镜头，结果却把你这个戏精，超级大穿帮，给落下啦。”

“我没演过戏，您到哪里去找呀？”

“就是说嘛，所以这事儿不赖我！”

裕川介督察哈哈大笑：“高手确实在民间。只要真正入戏，人人都是影帝——这么说，你的功夫也不错吧？你们师兄弟都得到寺庙里功夫大师的嫡传，你怎么不出来拍武侠片？”

肉经理还是假装听不懂。

“你和牧慎先生真是开挂啦，乾坤大挪移，一轮又一轮。一会儿误导我们，让我们以为牧慎是岛主，一会儿又是你跳出来承认。还故意在牧慎的房间也放个奥特曼摆件，让我们怀疑他是小啸的父亲。结果我们善良的叶警官还真信啦，为这两人的‘亲情悲剧’哭了几鼻子。这样耍人玩儿，没劲啦你们！”

裕川介请叶警官打开手机，把刚才的邮件，展示给这位已经不神秘的假岛主大人。

“我中毒离岛，不是空手而回，而是把牧慎先生和小啸的毛发带回去比对。亲子鉴定结果已经出来，他们果然没有生物学意义上的父子关系。这也证明，有人提前想办法修改了 DNA 数据库。你信不信，只要我回去深入调查，很快就水落石出……”

“我信。”肉经理整理制服，脸上又换上一种笑法，“您都说到这份儿上啦，我也别硬撑着，把底儿交给您算啦！”

“搞这些名堂，什么目的？”

“三个。其一，准备用来骗小啸的，关键时刻，在他嘴里问出扔砖头的人究竟是谁。他再浑蛋，在‘亲生父亲’面前，应该会说实话。其二，牧慎如果是小啸的父亲，就不可能再是肉肉的父亲，我就可以顺利顶替他的身份，扮演岛主和受害人父亲。其三，还是老梗儿，诱导警察，报复警察。在慎师兄眼中，警察是极其愚蠢可恨的，不然他的儿子也不会含冤至今。”

“可惜你们演砸啦，小啸死了，这条线索一下子变得特别重要，警方肯定要追查。”

“对，这是唯一的败笔，完全出乎我们的意料。不过，我们刚才还在纳闷，为什么您放任这么大的一个漏洞却不指出来，可能……”

“可能我也是个蠢蛋吧？”裕川介指着肉经理，就快笑岔气，“你们肯定是这样想的！”

“嗯。”肉经理毫不否认。

“你们以为，只有这一个漏洞吗？”

裕川介再次亲密地搂着肉经理的肩膀，一起朝木栈道尽头的红色集装箱接待室走去。那火热的红色，被四周的景色映衬着，和几天之前一样耀眼、热烈。

“难道还有吗？”

肉经理，牛内，唉，也不知道究竟该叫什么的这位先生，垂头丧气。“看来，我们真的斗不过神探，一次次在您面前丢人现眼。”

“两张照片，都是败笔！”

裕川介伸出食指，“第一，你给我看的夕小姐照片，说是神秘岛主发给你的，真好笑。当时正是你和牧慎给我设置迷雾的时期，你也想方设法、胡说八道，混淆我的视线。反正没杀人，这些谎言也不能被定罪，正好可以多争取一点在海上的停留时间。”

“败笔在哪儿？”肉经理确实不明白。

“这是夕小姐的一张正面清晰照，室内有人在她对面拍照，就算当时没注意，但看照片时，根据周围环境，她肯定能想起这个角度对面都有谁。果然，夕小姐认出这是小酒吧，当时她正望着慎先生，他也正在玩手机。不是他拍的，还能有谁呢？你口里说怀疑汝先生是什么岛主，可这张照片却弄巧成拙，一下子就把你和牧慎先生的特殊关系暴露出来啦。”

肉经理拍拍脑袋，是这个道理！

裕川介伸出食指和中指：“第二，合影。我们根据奥特曼陶瓷小像，找到陶艺大师，他拿出一张照片，那上面有你，所以就可以认定你是岛主。”

“逻辑是通的，没毛病呀？”

裕川介已经哭笑不得：“逻辑虽然没问题，但细节要做好呀，兄弟！这张照片按理说应该是九年前的，但大师手腕上的手表，却是两年前才上市的款式呀！”

“那您怎么不戳穿我们？”肉经理追问介督察。

“演得好好的，你们又不是凶手，我戳穿你们干吗呢？如果不是刚才你拦下我，还在我面前表演，我才懒得说这么多呢！”

“但是这样，您当初就不能一下子排除慎师兄的杀人嫌疑呀，您怎么一直那么肯定呢？”

裕川介的双脚已经回到沙滩上，细软的沙子一下子灌进他的浅口软底皮鞋。他把手自然地搭在肉经理的手肘，脱掉鞋子，抖净沙子，再重新穿好：

也许，我比你更了解牧慎先生！

多年前我就发现一个奇怪的现象，在他参演的所有影视作品中，竟然没有一个角色是反派！

这么多年，这么多微不足道的小角色，名不见经传的他，选择权极其有限，体现出这名演员难得的坚持！

他坚持的是什么，是他的本性，他不愿意也无法扮演违背自己良知的角色。

纯良的土地，不会结出有毒的果子。这就是我把他排除在嫌疑人名单之外的真正理由……

肉经理听完，双手合十，替自己的师兄向眼前的智者深深鞠躬。

“所以我深知，你与牧慎都没有再撒谎。那段经历确实令人同情，只是描述在你身上的，原本属于牧慎而已。我能做的，就是做一位最好的倾听者。毕竟，这样一场精彩的表演，也离不开配合良好的观众啊！”

正这工夫，叶警官挂掉一直在通话的手机，与裕川介轻声耳语。

警察署裕川介警官缓缓站定，转向肉经理：

没想到，你们苦苦寻找的真相，这么快就到来——

请转告牧慎先生，汝先生的儿子已经在狱中承认，当年是他扔下那块砖头，并和另两个男孩儿串通，赖在唯一的女孩儿身上。月嫂也向警方坦白，她收了某人给她的一笔钱。

其他人，即便没有被关进牢房，一辈子也已经失去自由。

现在，我开始鼓掌，您可以谢幕了。

【完】